知識ゼロからの
源氏物語
東京大学名誉教授
鈴木日出男(著)
Hideo Suzuki
大和和紀(協力)
Waki Yamato
知識ゼロからの
源氏物語
The Tale of Genji
鈴木日出男(著)
大和和紀(協力)

幻冬舎

まえがき

『源氏物語』は、今から千年も前の、十一世紀はじめに紫式部によって書かれた長大な物語作品です。多くの人々がその昔から、この作品をこよなく愛好してきました。そして、ただ読むだけにとどまらず、早くから絵巻として絵画化したり、能として演劇化したりして、〈源氏〉をもととするひとつの文化の脈絡をつくってきました。

また今日では、世界的な古典として広く知られ、さまざまな外国語に翻訳されるようになりました。多くの人々が強い関心を寄せるのは、この物語がなによりも、時代や地域をも超えて、人間や人間世界の普遍的な真実に深くふれあっているからでしょう。物語世界の光源氏や紫の上がどのように生きているかは、すぐれて今日的なわれわれの課題にもつらなっていると考えられます。

千年も前のこの作品は、言葉や文章はもちろん、社会の制度や慣習なども異なっているのですから、その読解が難しいのは当然です。それでは、難解なこの古典にどうすれば近づくことができるか。その観点から、さまざまな工夫を試みて編んだのが、本書です。

作品全体がどんな世界になっているか、その勘どころを大づかみにとらえます。具体的には、物語の展開の節目にしたがって、その内容を的確にまとめるようにしました。もちろん、あらすじをたどるだけではなく、人物や場面の具体的な要《かなめ》をおさえたつもりです。そうした勘どころを強調するためにも、特にここでは、若い人たちを中心に歓迎されている大和和紀さんの『あさきゆめみし』の印象的な画をふんだんに用いさせてもらいました。

どうぞ、雅《みやび》な世界を楽しんでください。

鈴木日出男

まえがき……1

第一部 輝く光源氏の若き日々……9

(桐壺《きりつぼ》)世にたぐいなき **光源氏の登場**……10

知識 物語の舞台となる内裏《だいり》……13

知識 入内《じゅだい》には政治的な思惑がからむ……14

知識 登場人物は実名でよばれない……15

知識 宮中の人間関係の根底にある組織と身分……16

(帚木《ははきぎ》、空蝉《うつせみ》、夕顔《ゆうがお》)理想の女はいずこに **雨夜《あまよ》の品定《しなさだ》め**……18

知識 方違《かたたが》えとは陰陽道《おんみょうどう》による風習……20

知識　平安時代、方角は干支《えと》でも表した……21
（若　紫《わかむらさき》）源氏の運命の女君　藤壺と紫の上……24
（末摘花《すえつむはな》）廃《すた》れた館に住まう　風変わりな姫君……28
（紅葉賀《もみじのが》、花宴《はなのえん》）春と秋　宴で映える源氏の舞姿……30
知識　春は桜、秋は紅葉……32
四人の女君(1)●六条御息所……34
（葵《あおい》）愛執に憂悶する　六条御息所の物の怪《け》事件……36
知識　斎宮《さいぐう》、斎院《さいいん》は神に奉仕する……36
知識　王朝の豪華さを今に伝える葵祭《あおいまつり》……37
知識　物の怪が葵の上をとり殺す　物語屈指の場面……40
（賢木《さかき》、花散里《はなちるさと》）別れに涙する日々　源氏の孤立と恋……42
四人の女君(2)●藤壺……48
（須磨《すま》）わびしき閑居　須磨の流離生活……50
（明石《あかし》）住吉の神の導きか　明石の人々と源氏……54

知識 古くから人気があった「流される物語」……54
(澪標《みおつくし》、蓬生《よもぎう》、関屋《せきや》)人々が待ち望んでいた **光源氏の復活**……58
知識 和歌から心情、人間関係が読み取れる……63
(絵合《えあわせ》、松風《まつかぜ》、薄雲《うすぐも》)後宮での優劣が明らかに **栄華への道**……64
(薄雲《うすぐも》、朝顔《あさがお》)悲傷の喪《も》の色に沈む **藤壺の死**……68
(少女《おとめ》、初音《はつね》、胡蝶《こちょう》)四季それぞれの趣 **六条院の豪壮さ**……72
知識 大学では漢学を中心に学ぶ……72
知識 四季それぞれの六条院……76
(玉鬘《たまかずら》、胡蝶《こちょう》、蛍《ほたる》、常夏《とこなつ》、篝火《かがりび》、野分《のわき》)親子の愛と男女の愛 **玉鬘たちの六条院**……78
四人の女君(3)●紫の上……84
(行幸《みゆき》、藤袴《ふじばかま》、真木柱《まきばしら》)だれしもが意表をつかれた **玉鬘の結婚**……86
(梅枝《うめがえ》、藤裏葉《ふじのうらば》)史上に例なき位 **六条院の極上の栄華**……90
知識 仮名が生まれた時代……90

第二部 宿世《すくせ》の翳《かげ》りをみる光源氏の円熟期……93

(若菜上《わかなじょう》)六条院に波紋を広げる **女三の宮の降嫁**……94

(若菜上《わかなじょう》、若菜下《わかなげ》)長年の宿願がかなった **明石一族の再興**……98

四人の女君(4)●明石の君……100

(若菜下《わかなげ》)孤立し憂慮を深める **紫の上の発病**……102

知識 女君たちの演奏する楽器……103

(若菜上《わかなじょう》、若菜下《わかなげ》)運命の出逢い **柏木と女三の宮の密通**……106

(柏木《かしわぎ》、横笛《よこぶえ》、鈴虫《すずむし》)許されぬ恋に殉《じゅん》ずる **柏木の死とその後**……110

(夕霧《ゆうぎり》)周囲の心を動揺させる **夕霧の恋**……116

(御法《みのり》、幻《まぼろし》)紫の上の死 **源氏の迷妄**……118

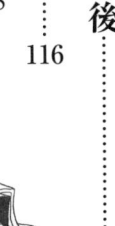

第三部 光源氏の次世代の物語……123
（匂宮《におうのみや》、紅梅《こうばい》、竹河《たけかわ》）薫、匂宮 光源氏亡き後の作中人物たち……124
（橋姫《はしひめ》、椎本《しいがもと》）宇治の姫君 八の宮家の人々との出会い……128
知識 宇治十帖のはじまり……129
（総角《あげまき》）恋しても通い合えぬ心 薫と大君……132
（早蕨《さわらび》、宿木《やどりぎ》）実らぬ恋に迷う 薫の栄華と憂愁……136
（東屋《あずまや》）つたない宿世に流される 浮舟の登場……140
（浮舟《うきふね》）苦悩の末の選択 浮舟の入水への道……144
（蜻蛉《かげろう》、手習《てならい》、夢浮橋《ゆめのうきはし》）男女の愛執の果て 浮舟の出家……148
知識 夢浮橋とは……152

基礎知識 源氏物語を味わうための「い・ろ・は」……153

知識ゼロから読み始めるために……154
作者・紫式部の人生を知ろう……160
なぜ「作り話」がおもしろいのか……168
京の都に『源氏物語』をたずねて……170
平安時代・貴族の暮らし……174
平安時代・貴族の一生……178
平安時代・貴族の一年……182
物語中での年表(年立《としだて》)……184
主な作中人物系図……188

漫画出典

大和和紀『あさきゆめみし 完全版』講談社

漫画内の表記は出典のままにしています。

第一部

輝く光源氏の若き日々

桐壺　帚木　空蟬　夕顔　若紫　末摘花
紅葉賀　花宴　葵　賢木　花散里　須磨
明石　澪標　蓬生　関屋　絵合　松風
薄雲　朝顔　少女　玉鬘　初音　胡蝶
蛍　常夏　篝火　野分　行幸　藤袴
真木柱　梅枝　藤裏葉

世にたぐいなき 光源氏の登場

● **桐壺帝《きりつぼてい》と更衣《こうい》**

どの帝《みかど》の御代《みよ》でしたか、帝のもとに大勢の后妃《きさき》たちがお仕えしていました。そのなかで、女御《にょうご》とよばれるのは、大臣家出身の身分の高いお方《かた》です。それより下位の、大納言《だいなごん》家ぐらいの出身の者を更衣とよんで、区別していました。

さて、この物語には、高からぬ身分であるにもかかわらず、帝（桐壺帝）の寵愛《ちょうあい》を一身に集めていた一人の更衣、桐壺《きりつぼの》更衣が登場します。彼女には格別の後見役《うしろみ》もいません。父の大納言を亡くし、母親だけが世話役という心細い身の上でした。帝の寵愛をひとりじめにする更衣に、ほかの女御や更衣たちは嫉妬《しっと》し、憎むようになります。

● **第二皇子の誕生**

やがて更衣は帝の子を身ごもります。生まれたのは玉のように美しい男の子。第二皇子にあたる

原文を味わおう

いづれの御時《おほむとき》にか、女御《にょうご》、更衣《かうい》あまたさぶらひたまひける中《なか》に、いとやむごとなき際《きは》にはあらぬが、すぐれて時《とき》めきたまふありけり。

文意

どの帝の御代であったか、女御、更衣が大勢お仕えするなかに、たいそう身分の高くはないお方が、帝の寵愛を得て時めいていらっしゃった。

源氏物語の書き出しの有名な一文です。これから壮大な物語が始まります。せめてここだけでも覚えておきたいところです。

帝と更衣の許されざる悲恋

后妃たちの身分には位階があります。本来なら帝は、名門右大臣家の出身で将来の中宮になりそうな弘徽殿女御《こきでんのにょうご》をこそ寵愛すべきでした。

ところが桐壺帝が寵愛したのは一介の更衣。政治的にも後《こう》宮《きゅう》の安定のためにも許されない恋でした。

更衣はさまざまないやがらせをされ、心も体もまいってしまうが、ひとえに桐壺帝を頼りに宮中での生活を送っていた。やがて、前世からの縁があったのか、更衣に帝の御子が生まれた。後宮は騒然となる

聞くがよい 今後 更衣《こうい》に 害をなす者が あらば……
その者は 今上《きんじょう》たる わたしに 害をなすと 知れ！
御子《みこ》……！

今上……そのときの帝（天皇）

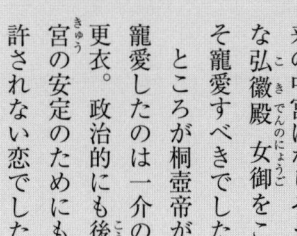

この皇子が、物語の主人公となる、のちの光源氏です。

第一皇子の母は、権勢をほこる右大臣の娘、弘徽殿女御《こきでんのにょうご》です。帝が更衣の産んだ第二皇子をもっぱらにかわいがるので、弘徽殿女御は、気が気でありません。わが子の第一皇子を越えて第二皇子が東宮《とうぐう》（皇太子）に立つのではないか、と疑ってしまいます。帝が更衣母子《おやこ》をかばえばかばうほど、女御たちの憎悪は強くなるばかりです。

さまざまないやがらせもされ、更衣はついに堪えられず、病死してしまいました。皇子三歳の夏のことです。桐壺帝や更衣の母親は嘆き悲しみ、涙の日々を送るほかありません。

●皇子に源《みなもと》姓を与える

このように物語は、主人公光源氏の両親、桐壺帝と更衣の悲恋の話から始まりました。その悲恋の代償のように、たぐいまれな美しい皇子が誕生したことになります。

第二皇子は成長とともに学問や芸能などに神童のような抜群の才能を発揮します。美しさは目をみはるばかりです。

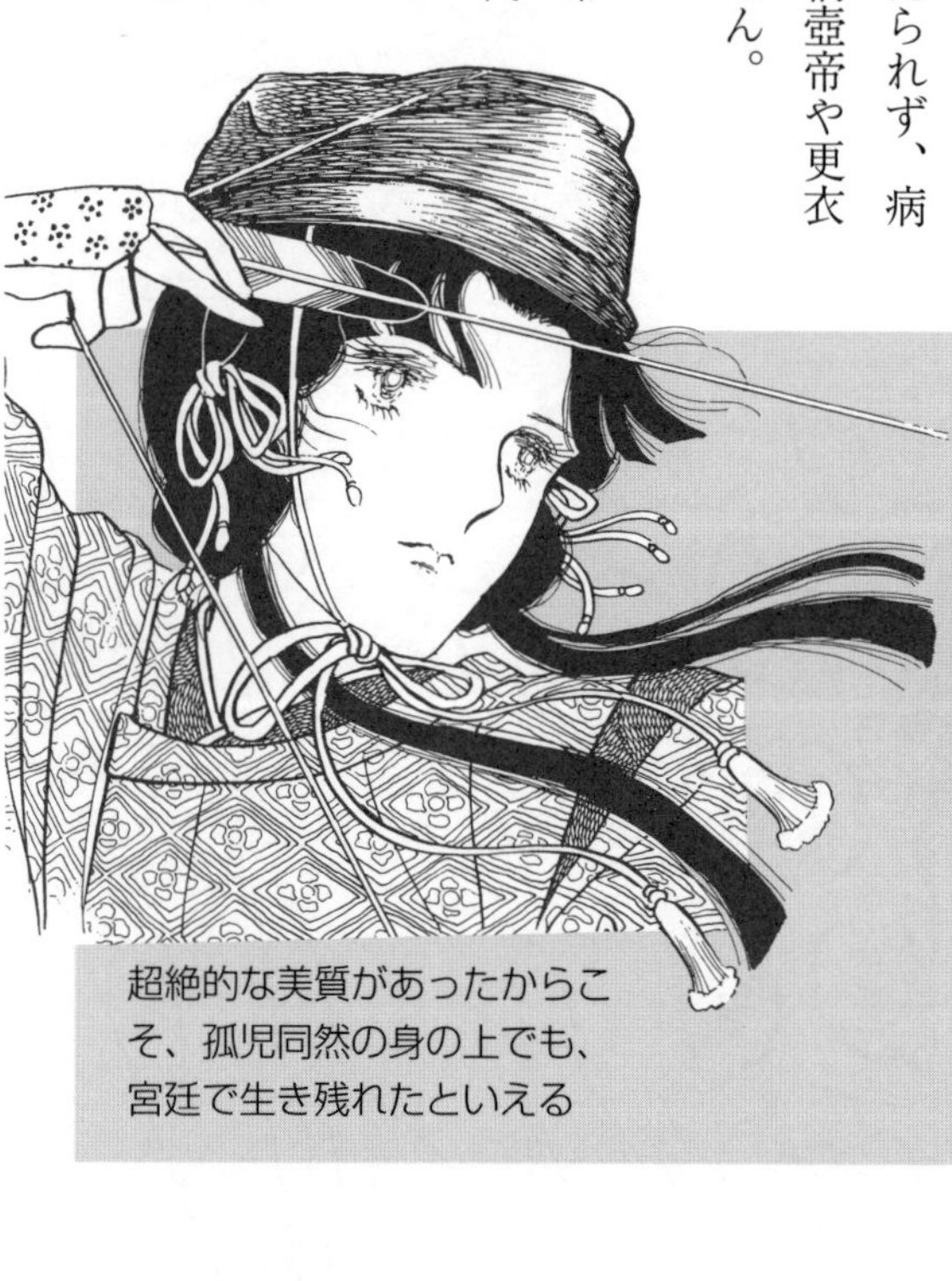

この世にありえないほどの理想像

幼少時代から光源氏は諸芸に優れ、美しさは「玉の皇子」とたたえられました。仇敵《きゅうてき》である弘徽殿女御さえ、「うち笑まれぬべきさま」とあるように、つい笑顔を見せたほどです。

超絶的な美質があったからこそ、孤児同然の身の上でも、宮廷で生き残れたといえる

知識　物語の舞台となる内裏

内裏《だいり》は帝の住まいでもある宮殿。帝の寝所は清涼殿《せいりょうでん》にある。桐壺とは淑景舎《しげいしゃ》のこと。帝のもとまでは遠かったため、途中で更衣は数々の妨害をされた。また、光源氏も、宮中では桐壺を宿直所《とのいどころ》とした

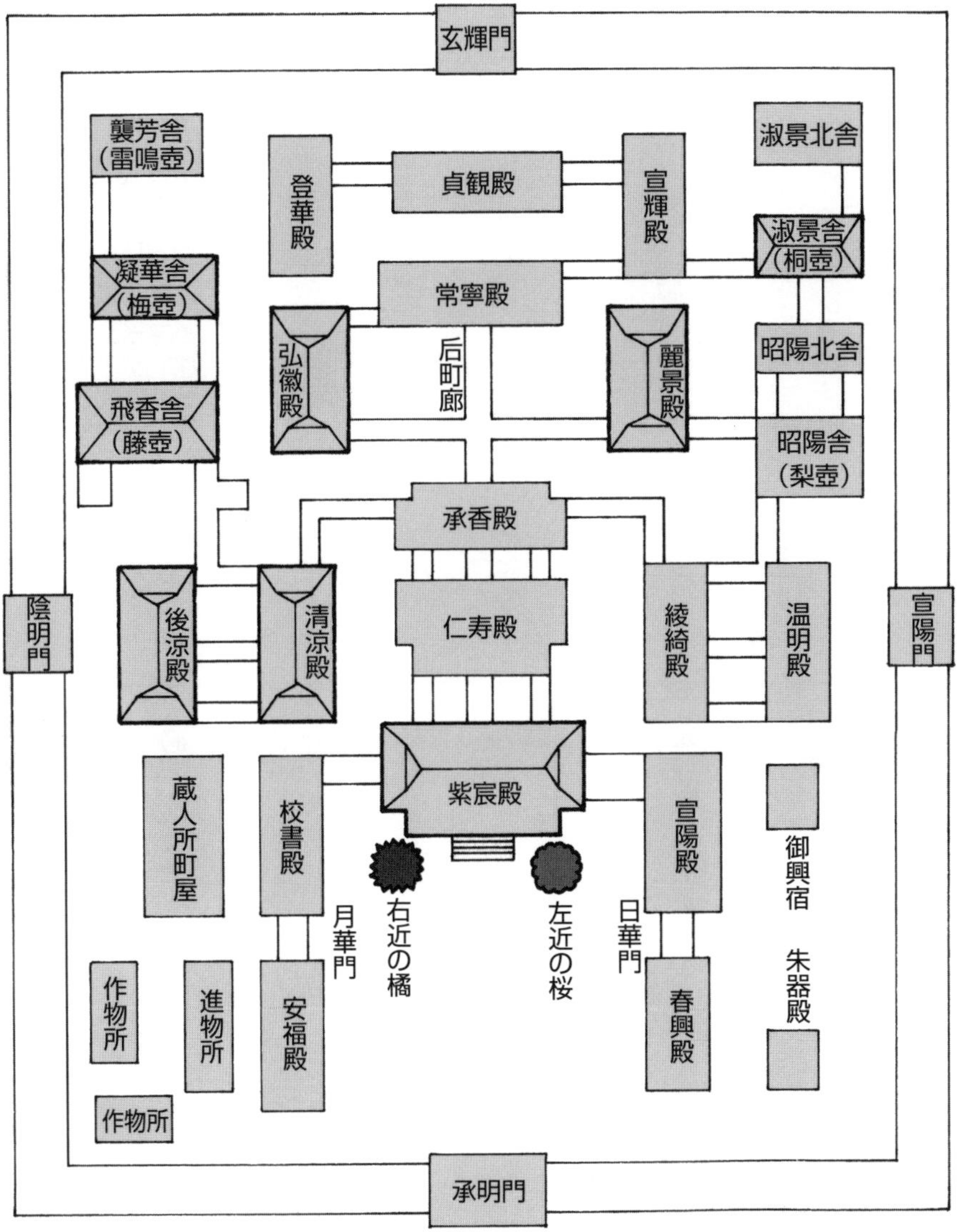

父である桐壺帝は、この世のものとも思えないほどすばらしい皇子を、できることなら東宮に立てたいと思いました。けれども、後見役がなければかえって反発をかって、身を危うくするかもしれない、と思って臣籍《しんせき》に下し、源姓を与えることにしました。これが源氏とよばれるゆえんです。

●藤壺の入内《じゅだい》

そのころ、先帝《せんだい》の四《し》の宮《みや》、藤壺《ふじつぼ》の宮が、桐壺帝のもとに后妃《きさき》の一人として入内します。藤壺の宮は亡き更衣に生きうつしで、帝の傷心もようやく慰められたのです。

源氏の君も、藤壺の宮を亡き母のように慕います。帝の寵愛のあつい源氏と藤壺を、世の人々は「光る君」「輝《かかや》く日の宮」とよんでたたえました。

源氏は十二歳で元服すると、左大臣家の一人娘である葵《あおい》の上《うえ》と結ばれました。しかし源氏には、この深窓の姫君が冷たくとりすましているように感じられ、うちとけられません。彼はいつしか藤壺の宮を、理想の女性としてひそかに恋い慕うようになっていたからです。

知識

入内には政治的な思惑がからむ

帝の后妃として後宮に入ることを入内といいます。これも結婚のひとつのかたちです。平安時代の上流貴族は一夫多妻が多く、とくに帝には多くの后妃がいました。

上流貴族たちは自家の姫君をぜひ入内させたいと願います。もし男皇子を産めば将来の帝になる可能性が高いわけですから、一門の権勢は約束されたようなものです。入内には、こうした政治的な思惑が強く、いわば政略結婚でもありました。

帝への入内によらず、自家よりも格上の家との結びつきも夢ではありません。当時、上流貴族の家では女の子が誕生するとおおいに喜ばれたものです。

葵の上は自分が光源氏よりも年上であることからも、
なんとなく不似合いで気が引けるようだった

知識

登場人物は実名でよばれない

『源氏物語』に登場する人々には実名が用いられません。主人公である光源氏でさえも実名ではありません。光とは賛辞であり、源氏とは臣籍に下ったときに名乗る姓です。

物語中では、男子は中将、大将、左大臣、内大臣など官名でよばれます。源氏物語は長い期間の物語なので、ひとりの人物が出世すれば、官名は変わります。同一人物であっても、そのつど呼び名が変わっているのです。

女子の場合、○○の姫君、○○の北の方など、男子に帰属するかたちでよばれます。後宮の場合には、桐壺の更衣、藤壺の宮など、住んでいる場所と位階を組み合わせてよばれます。

知識

宮中の人間関係の根底にある組織と身分

家柄は皇族とそれ以外の氏族に大別される

桐壺帝

天皇

蔵人所《くろうどどころ》

天皇の側近

衛《え》府《ふ》

宮中の警護にあたる

近衛府《このえふ》　衛門府《えもんふ》

八《はっ》省《しょう》

式部《しきぶ》省、兵部《ひょうぶ》省などの省庁

太政官《だじょうかん》

宮中に出仕して国政にあたる

太政大臣《だじょうだいじん》
左大臣《さだいじん》
右大臣《うだいじん》
内大臣《ないだいじん》
大納言《だいなごん》
中納言《ちゅうなごん》
参議《さんぎ》
弁官《べんかん》

天皇を頂点に、国政にあたる中央政府の官職には、太政官・八省などがありました。このほか、地方には受領《ずりょう》などの地方官も任命されていました。

藤壺の宮（のちに中宮）

天皇の配偶者たちが形成するのが後宮《こうきゅう》です。制度として確立しているわけではありませんが、女性たちは、大きく、天皇の后妃《きさき》と、女官《じょかん》とに分けられます。

後《こう》宮《きゅう》

后《き》妃《さき》

中宮《ちゅうぐう》
天皇の正式な妻は皇后。平安時代では、中宮が皇后と同格だった。女御のなかから一人選ばれる

御息所《みやすどころ》
位階を示す語ではない。天皇や東宮の子を産んだ婦人たちの総称。六条御息所のほか、桐壺更衣も御息所と表現されている箇所がある

女御《にょうご》
大臣以下の公卿《くぎょう》の娘から選ばれる。親が後見役となる

更衣《こうい》
女御より下の位階。公卿以下の娘がなる。中宮に立后《りっこう》されることはありえない。更衣が産んだ子は「更衣腹《ばら》」などと見下された

女《じょ》官《かん》

尚侍《ないしのかみ》
長官。有力貴族の娘が務めるようになってから、実際には天皇の妻になった

内侍司《ないしのつかさ》
天皇の言葉を伝えたり（宣下《せんげ》）、天皇に連絡事項を伝える（奏上《そうじょう》）役所。すべて女性

典侍《ないしのすけ》
次官

命婦《みょうぶ》
内侍司のひとつといわれるが、位階など不明

理想の女はいずこに　雨夜の品定め

●男四人の女性談義

光源氏十七歳のある五月雨《さみだれ》の夜のこと、宮中内の源氏の宿直所《とのいどころ》に頭中将《とうのちゅうじょう》が訪れます。彼は左大臣家の長男で、葵の上《あおいのうえ》と兄妹、源氏の親友です。源氏とくつろいでいるうちに、世の中にはどんな女がいるのだろう、などと女性談義にうち興ずることになりました。これが、有名な「雨夜の品定め《あまよのしなさだめ》」の話です。

二人の仲間が加わり、話題はさらに広がります。ここでは、ひどく嫉妬《しっと》深い女や、男好きのする浮気性の女をはじめ、多くの中流層の女たちが話題にのぼります。

なかでも、とくに源氏の関心を惹《ひ》いたのは、頭中将の語る、内気な性分が過ぎて行方《ゆくえ》知れずになったという女。彼女は後日、源氏と出逢うことになる夕顔《ゆうがお》の君です。

●空蟬との出逢い

源氏はその翌日の夜、方違《かたたが》えのために紀伊守《きのかみ》邸を訪問します。

帚木、空蟬、夕顔の三巻で一まとまり

「帚木」巻は「源氏の秘密にしていたこんな話まで語り伝えるとは」といった書き出しで、一方、「夕顔」巻は「源氏のことをほめてばかりいては、作り話のようなので、こんなお話をしました。慎みのない話で、お咎《とが》めは免れません」と書き終えています。

こうした点から、この三巻は一まとまりの物語になっているのです。内容からいっても、源氏の中・下層の女君たちとの逢瀬《おうせ》の物語です。いわば光源氏外伝でしょう。

雨夜の品定めの女性談義

一般論

頭中将「高貴な人は、女房が欠点を隠してしまいます。中流の女こそ個性がはっきり見えていいですね」

源氏「上流、中流、下流とは、どうやって分けるの？　もともと高貴でも落ちぶれてしまった場合や、出世した場合はどう分けるのかな」

仲間「さびしく落ちぶれた廃屋《はいおく》に、思いもかけないほどかわいい人がいたりすると、不思議に心が惹《ひ》かれます」

結婚観

仲間「若い娘は見た目がよいだけだし、主婦になると他人の目も気にしなくなります」

仲間「感動したことを妻に話したいのに、『なんですか』などと間抜けな顔を見せられると、がっかりします」

なにをおっしゃる聞きおよんでおりますよ
麗景殿《れいけいでん》の女御《にょうご》の妹君や（花散里《はなちるさと》）
式部卿《しきぶきょう》の宮《みや》の姫君（槿《あさがお》の宮《みや》）

源氏は、いまだ知らぬ中流層の女性に関心をもった

経験談

指食いの女　こんなに嫉妬深いなら別れるしかない、と言った男の指に、いきなりかじりついた

木枯の女　浮気性の女。ほかの男に琴をかき鳴らして「木枯《こがらし》」の歌を詠んでいるところを目撃してしまった

内気な女　頭中将の話。子どもまでいたのに行方知れずになってしまった。夕顔のこと

合理主義の女　寝物語に漢籍を講じる。かぜをひくとにんにくの口臭がひどい

その邸で源氏は、守の老いた父、伊予介《いよのすけ》の後妻におさまっている若い空蝉に偶然にも出逢いました。そして彼女とひそかに契《ちぎ》り交わしてしまったのです。

源氏はその後も空蝉になんとか近づこうとしますが、かないません。他方の空蝉は、娘時代であったなら、と現在のわが身の境涯を悔やみます。源氏に憧《あこが》れる心をかかえこみながらも、けっしてこの恋におぼれてはならない、冷たい女と思われたまで通そう、と心に決めるほかありません。

源氏は後日、空蝉の弟の小君《こぎみ》をつてに、執拗《しつよう》なまでに彼女に再会しようとします。小君は、源氏がものかげから室内をかいま見られるよう、はからいました。すると、男好きのする軒端《のきば》荻《おぎ》（紀伊守の妹）を相手に、彼女が碁《ご》に興じている姿があらわに見えたのです。

源氏はその夜、空蝉の寝所に忍びこんだのですが、彼女はそれと察して、小袿《こうちき》を残して逃れ出ました。源氏はむなしい思いで、その小袿を形見に持ち帰ります。一方、空蝉じしんは、源氏から贈られた歌文に接しても、わが身のつたない運命をかみしめるほかありませんでした。

知識

方違えとは陰陽道《おんみょうどう》による風習

平安時代は、陰陽五行《いんようごぎょう》に基づいて物事を進めていました。陰陽五行は天文観測をもとにした思想。飛鳥時代にはすでに陰陽寮《おんみょうりょう》という専門の役所があり、平安時代には陰陽師が貴族の生活にも重大な影響力をもっていました。

陰陽道によると、中神《なかがみ》が巡行している方角は避けなくてはなりません。中神は吉凶《きっきょう》を支配する天一神《てんいつしん》です。

外出するときは、いったん別の方角に向かい、そこにしばらく滞在してから、改めて本来の目的地に向かいます。これを方違えといいます。別宅や知人の家を借りあったりしました。

光源氏が紀伊守邸に行ったのも、この方違えの風習によるものでした。

衣《ころも》をぬぎすべらせて……
永遠に逃げさってしまった……

衣一枚を残して去る空蝉は、源氏に魅了されていても、その気持ちを抑え、無感動によそおうしかない。それがまた空蝉じしんに、わが身の不幸を痛感させる

知識

平安時代、方角は干支《えと》でも表した

東西南北のほか、それぞれに十二支があてはめられていました。北を子《ね》として右回りにあてはめます。また、北東、南東、南西、北西には別の呼び名があります。

なかでも艮《うしとら》を「鬼門《きもん》」、坤《ひつじさる》を「裏鬼門《うらきもん》」と呼び、不吉な方角としました。

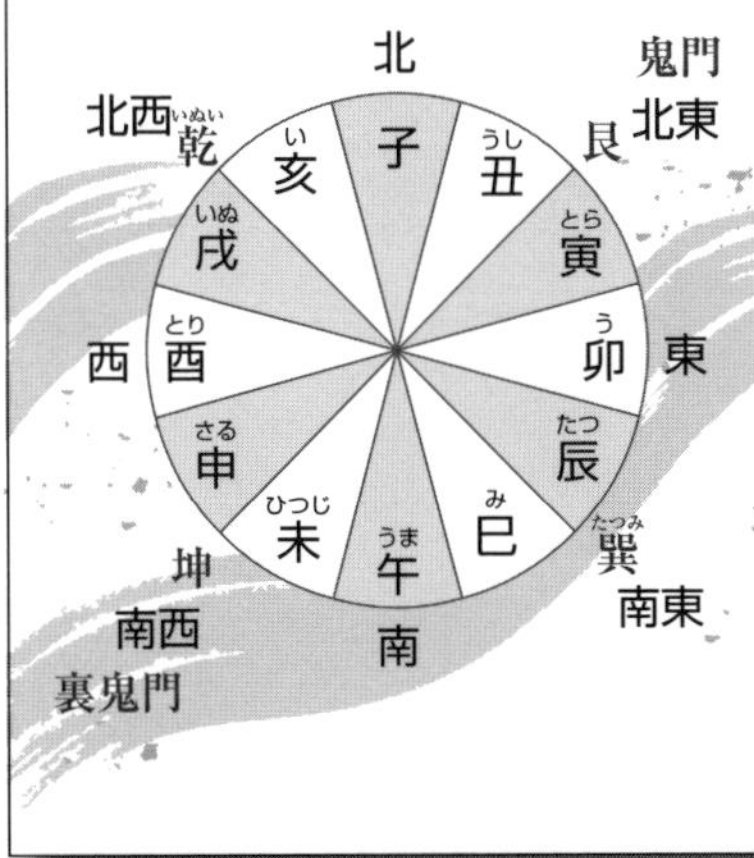
北
子
丑《うし》
艮
北東
鬼門
寅《とら》
卯《う》
東
辰《たつ》
巳《み》
巽《たつみ》
南東
午《うま》
南
未《ひつじ》
坤
南西
裏鬼門
申《さる》
酉《とり》
西
戌《いぬ》
亥《い》
乾《いぬい》
北西

●夕顔との出逢い

しばらく経《た》った夏の夕べ、源氏は、五条の一隅で、見たこともない白い花の咲く家に好奇心をもちました。それは、下賤《げせん》の者たちの垣などに咲く夕顔の花でした。すると、その家に仕える女童《めのわらわ》が、花を白い扇にのせてさし出してきたのです。扇には、思わせぶりな歌もしたためてありました。

以来、源氏はその家の女君に、異様なまでの関心をいだくようになったのです。やがて素姓《すじょう》を隠したままの逢瀬が始まるようになります。これが夕顔とよばれる女君です。

二人はたがいに魔性にとりつかれたかのように、相手がだれともわからないまま恋にのめりこんでいくのです。

●物の怪《け》にとり殺される

仲秋十五夜、夕顔の粗末な家で一夜を過ごした翌朝、源氏が某《なにがし》の院に彼女を誘い出します。そこは草が生い茂り、廃屋のように荒れ果てた場所で、女君はきみわるく感じているようでした。二人だけで過ごすうちに、彼は女君の可憐《かれん》な魅力にあらためて心惹かれます。ところが、深夜、物の怪が現れて、彼女はこれにとり殺されてしまいます。

源氏は、腹心の部下の惟光《これみつ》の機転で、人々の噂にもならず、

原文を味わおう

心あてにそれかとぞ見る
白露の
光そへたる夕顔の花

文意

当て推量で、あのお方かしらと想像する、そのお方の白露が光をそえてくださるので、こちらの花は夕べの光の中で、いっそう美しく映《は》える

花をのせた扇に添えられていた夕顔の歌。源氏かしら、と知らばっくれ、挑発しているようです。

この謎《なぞ》めいた歌に源氏はたじたじとなりますが、興味をそそられます。

どうにか東山で死者の野辺《のべ》送りをすませます。しかし、その後しばらく病床に臥《ふ》すようになりました。

病がようやく癒《い》えたころ、傷心のうちにも、あらためて右近《うこん》という人物から夕顔のことを聞きます。右近は某の院の夜以来、夕顔に同行していた彼女の女房です。源氏は、夕顔が雨夜の品定めで頭中将が語っていた行方知らずの女君だったこと、幼い娘がいることを知りました。

夕顔には、はかなさが象徴されている

源氏は夕顔の素姓を探りますが、不明のまま恋が始まります。夕顔は、源氏であることを確かめることもなく、素直でおっとりとした様子です。

しかし、この恋は死という結末を迎えます。物怪によって、夕顔はあっけなく死んでしまうのです。

夕顔は夕方咲く白い花です。この花は女君の身分を表していますが、さらに、恋のはかなさ、人間のはかなさをも象徴していたのです。

名前も身分もわからないままの恋。物語は最初から謎めいた雰囲気で始まる

若紫《わかむらさき》

源氏の運命の女君　藤壺と紫の上

藤壺と紫の上の関係

北山の僧都《そうず》の話から、少女が藤壺の姪であることがわかった

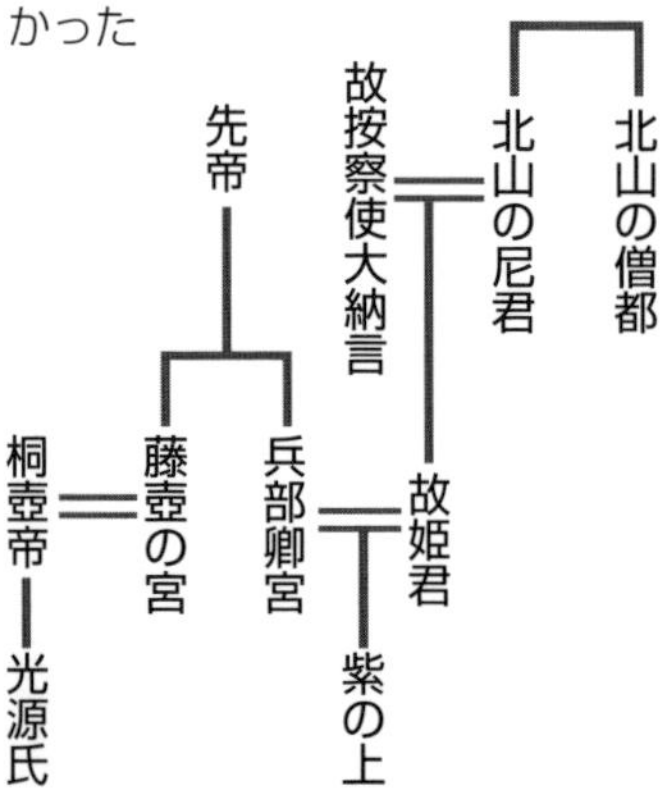

北山の僧都
北山の尼君
故按察使大納言
先帝
故姫君
兵部卿宮
藤壺の宮
桐壺帝
紫の上
光源氏

こちらへ
おすわり
なさい
まあまあ
おぐしも
こんなに
して……
男の子の
するような
遊びばかり
しているの
でしょう

小柴垣ごしにかいま見た少女に源氏は心を奪われた。少女が藤壺の宮にとてもよく似ていたからだ

藤壺《ふじつぼ》の宮《みや》
……！

●かわいらしい少女

十八歳の光源氏は、晩春、山の桜がまだ残っている北山の地を訪れました。そこで偶然にも、かいま見た少女の純真な美しさに、目が離せなくなります。彼が日ごと憧《あこが》れてやまない、あの藤壺の宮の面影に、あまりにもよく似ていたからです。

それもそのはず、素姓をたずねると、兵部卿宮《ひょうぶきょうのみや》（藤壺の兄）の外腹《ほかばら》の娘、つまり藤壺の姪《めい》だとわかりました。いまは実母（兵部卿宮の愛人）と死別して、祖母の尼君に養われる身の上だったのです。源氏は、この少女を自分のもとに引き取り、理想の女君として育ててあげてみたい、と心に決めたのでした。

●藤壺との密通

その後、源氏は藤壺の宮に迫り、ついに彼女と夢のような逢《おう》瀬《せ》をとげてしまいました。藤壺が病気のために自邸にさがっていたときのことです。

藤壺は、源氏とこのようなあやまちを犯さねばならない運命に生かされているのか、とわが身のありようを嘆きます。しかも彼女は、この夜の逢瀬で源氏との不義の子を宿してしまいます。二人はともに、犯した罪の重大さにおそれ、おののくほか

継母に憎まれていた少女の物語

少女（紫の上）は祖母の尼君が亡くなってから、父の兵部卿宮に引き取られることになっていました。そこで、継母の世話を受けることになります。

もともと継母（兵部卿宮の北の方）にしてみれば、この少女は夫が外の女性に産ませた子です。嫉妬《しっと》心から当然、その子を愛することはできません。

光源氏が強引に少女を連れ去ったのを知ったとき、北の方は、夫の愛人の遺児を思いどおりにできるはずだったのに残念だ、と思います。もしも少女が父のもとに引き取られたら、継母の虐待があっただろうと想像されます。

そして、この北の方は、今後もずっと、幸運に恵まれる紫の上を妬《ねた》み続けるのです。

ありません。

●光源氏の物語の長編化

その年の冬になって、源氏は強引にも、あの北山で見出した美少女を自邸に引き取ることになります。このころ少女は祖母の尼君のもとにいたのですが、祖母が亡くなってしまい、父の兵部卿宮に引き取られようとしていたのです。源氏はそれを先回りして、自邸に引き取ったことになります。この少女こそが、源氏の伴侶《はんりょ》として生涯をともにする紫の上です。

「若紫」巻は、源氏が北山で紫の上を見出し、やがて自分のもとに引き取るという話が、主要な内容です。そこに源氏と藤壺との密会の話が組み込まれています。のちに誕生する不義の子は、後年、冷泉帝《れいぜいてい》として即位します。そのことが、藤壺と源氏に栄華をもたらすことにもなります。

したがって、藤壺と紫の上を源氏と関係づけているこの巻の話は、光源氏の物語が長編化していく重要な契機になっているのです。

藤壺は光源氏をどう思っていたのか

藤壺の宮が入内《じゅだい》してのち、光源氏は彼女を母のように慕っていました。藤壺の宮もそんな源氏の心を拒絶していなかったようです。桐壺の巻に「聞こえ通ひ」という記述があります。「通ひ」とは、源氏が笛を吹き、御簾《みす》の内にいる藤壺が琴を弾いて心を通わせるということで、さびしい源氏と、共感しあっていることがわかります。その優しさがまた源氏を惹《ひ》きつけます。

若紫で語られる逢瀬の前に、すでに二人は密会をしていたことをうかがわせるような表現もあります。それが物思いの種になっていたともいうのです。

しかし、以前の逢瀬の記述がないのは、源氏物語の成立にかかわる事情によるのかもしれません。

夜よ
明けるな
夢よ
さめるな
二度とは
こぬ
恋人の
夜よ……

原文を味わおう

「見てもまたあふよまれなる夢の中《うち》に
やがてまぎるるわが身ともがな」
「世がたりに人や伝えんたぐひなく
うき身を醒《さ》めぬ夢になしても」

文意

源氏「こうして逢えても、また再び逢える夜はめったにないのだから、私はいっそこのまま夢の中にまぎれこんでしまいたい」

藤壺の宮「比類なくつらいわが身を、覚めることのない夢の中に消したとしても、後々の世の語り草にならないのか」

逢瀬の場で二人が詠み交わす歌です。源氏が涙ながらに無理なことを訴えるのに、藤壺の宮はさすがに「いみじ」と思い、たしなめるような歌を返しています。拒否していないこともわかります。

まるで心優しい聡明な年上の女性が、やんちゃな年下の男性をさとすようでさえあります。

末摘花《すえつむはな》

廃《すた》れた館に住まう 風変わりな姫君

●常陸宮《ひたちのみや》の姫君

源氏は、ある女房の手引きで、零落した邸《やしき》にひそかに住まう、いまは亡き常陸宮の姫君に強い関心をいだき、通《かよ》い始めるようになります。頭中将《とうのちゅうじょう》と競う気持ち、また、夕顔とのはかない恋を忘れられないという気持ちもてつだったのでしょう。

ところが、相手の姫君は返歌もしないなど、源氏になびこうとしません。彼は、どんな女なのかと不審に思ったりしますが、しかし、やがて契り交わす仲とはなります。

ある冬の朝、外の雪明かりに照らし出された彼女の姿を見て驚きます。額は青白で広く、たいへんな胴長で、ひどくやせています。鼻は象のように長いうえに先が赤く、まるで紅花《べにばな》を思わせるようです。末摘花《すえつむはな》とは紅花のこと。以来、この姫君は末摘花とよばれ、長く源氏の庇護《ひご》のもとにおかれるようになります。

物語に笑いの要素を加える末摘花

末摘花は、思いがけず光源氏とかかわって、まわりの女房たちのすすめで返歌をしたためます。ところが、色が褪《あ》せたごわごわの厚い紙に、文字を上下きちんとそろえた昔風の書き方。風情はまったくありません。

寒さをしのぐための黒貂《くろてん》の毛皮も、由緒あるお召し物ではあるのですが、若い女君の装束としては……。

この末摘花の風変わりの様子と、光源氏の思い込みとの差が、笑いをさそうのです。

姫君があまりにも醜貌《しゅうぼう》なので、源氏は不憫《ふびん》ささえ感じてしまう

なぜ源氏は末摘花と出逢ったのか

末摘花という女君は、人間離れした外見だけでなく、性格もかたくなで、なにかと不器用な人物です。

なぜ源氏はこのような姫君と出逢ったのでしょう。

ここには、『古事記』にある石長姫《いわながひめ》の神話が投影されていると解釈できます。石長姫は大山津見神《おおやまつみのかみ》の娘で、醜いながらも不動の力をもっています。大山津見神には、もう一人、娘がいます。美しくもはかない魅力をもつ木花之佐《このはなのさ》久夜毘売《くやびめ》です。

はかなく亡くなった美しい夕顔が木花之佐久夜毘売だとすれば、末摘花は醜いながら不動の力をもつ石長姫だといえるでしょう。また、次の巻に登場する源典侍《げんのないしのすけ》も風変わりな女君《おんなぎみ》です。

紅葉賀《もみじのが》、花宴《はなのえん》

春と秋 宴で映える源氏の舞姿

●華やかな学芸の宴

「紅葉賀」「花宴」巻のそれぞれの冒頭に、はなやかな宮中の遊宴が語られます。桐壺帝晩年の、最大の晴れやかな催しだといわれます。すぐれた学芸の技《わざ》が繰り広げられますが、これは桐壺帝の治世が聖《ひじり》の帝の時代だということを表しています。

「紅葉賀」では、紅葉の美しいころ、桐壺帝の御前で源氏が親友の頭中将を相手に「青海波《せいがいは》」を舞いました。みごとなその舞《まい》は、人々に入魂《にゅうこん》の技と絶賛されるほどで、御簾《みす》の内で見ていた藤壺も、その美技にひそかに感動したのです。

●不義の皇子が生まれる

明くる年の二月、藤壺は男児を出産しました。藤壺も源氏も、運命の恐ろしさにおののくほかありません。この皇子は桐壺帝晩年の第十皇子にあたります。新生児は源氏にそっくりだったので、彼女は秘

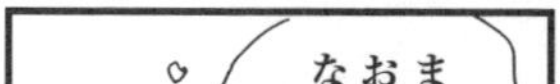
まあ……おかくしにならなくても
わたくしと源氏の君の仲で……

派手な扇のむこうから光源氏に精一杯の流し目を送る

風変わりな女君
源典侍

源典侍《げんのないしのすけ》は内侍所《ないしどころ》の次官。家柄もよく才気があり、上品で人から重んじられる性格でした。ところが好色でもありました。五十代半ばすぎという年齢なのに源氏に懸想《けそう》して、そのたわむれの恋が、物語に笑いを添えています。

青海波は雅楽《ががく》の曲で、二人の舞人が海波のさまを模《も》して舞う。
光源氏（右）の舞姿は、おそろしいほどの美しさだった

事が露見するのではないかと、不安がふくらみます。

しかし、桐壺帝は、なんらの懸念もいだかないどころか、皇子の誕生をおおいに喜び、この子を東宮《とうぐう》（皇太子）に立てようと考え始めます。かつて源氏を東宮にできなかった不明を恥じて、源氏に瓜ふたつの子が生まれたこのたびこそ、ぜひ東宮に立てようと心をかためたのです。

●朧月夜《おぼろづきよ》と恋におちる

その翌年、源氏二十歳の二月、宮中の南殿《なでん》（紫宸殿《ししいでん》）で華麗な桜の宴が催されました。ここでも、源氏の舞と詩（漢詩）が人々を驚嘆させました。

宴が果てた深夜、源氏は偶然にも、右大臣の姫君とめぐり逢います。春の夜のおぼろの雰囲気のうちに、姫君は源氏の美しい魅力に惹《ひ》きつけられたかのように、恋の虜《とりこ》になってしまいました。まことに優艶《ゆうえん》な出逢いであり、物語では彼女を朧月夜とよぶようになります。

宴の様子や朧月夜の君との出逢いなど、この花宴の巻は物語屈指の場面といわれます。

知識

春は桜、秋は紅葉

四季の彩りを花紅葉《はなもみじ》といいますが、これは春の桜と秋の紅葉を合わせていった言葉です。『源氏物語』でも、紅葉賀と花宴の巻は対になっています。

弘徽殿女御の妹だった

もともとこの姫君は、父右大臣の政略的な思惑から、東宮（のちの朱雀帝）のもとに入内《じゅだい》する予定でした。ところがこの夜の出逢いが、右大臣の思惑をつぶす結果となってしまうのです。そのため、後々、源氏は右大臣家の人々から疎《うと》んじられるようにもなります。

弘徽殿の細殿《ほそどの》で、並みの身分とは思えない美しい姫君が、屈託ない様子で近づいてくる。光源氏は、つい袖をとらえてしまった

魅力的な性格の朧月夜の君

「朧月夜に似るものぞなき」と口ずさみながら歩いてきた女君。この歌は「照りもせず曇りもはてぬ春の夜の朧月夜にしくものぞなき」という大江千里《おおえのちさと》の歌（新古今集）です。

美貌で、雰囲気のある朧月夜の君は、読者の人気も高い女君です。

光源氏と最初に出逢ったとき、名前をたずねられて、「私を捜し当ててはくれないの」と言う返事。源氏は扇を交換しあって別れたのです。

四人の女君(1)・六条御息所

当代一の教養人

気品高く、奥ゆかしさをそなえながら、趣味教養にもすぐれた六条御息所は、当代一の才女。光源氏が六条御息所に心惹《ひ》かれたきっかけは、彼女が書いた仮名文字のすばらしさだったと、のちに紫の上に告白しています。

将来を約束されていた人物だった

六条御息所《ろくじょうのみやすどころ》は、桐壺帝の弟、前《さき》の東宮（皇太子）の后妃《きさき》であった人。京都六条の私邸に住んでいたことから六条御息所とよばれました。奥ゆかしく、優雅で、高い教養をもつ貴婦人です。東宮の寵愛《ちょうあい》を受け、のちに秋好中宮《あきこのむちゅうぐう》となる一人娘をもうけています。やがて東宮が即位したあかつきには、中宮の地位にのぼりつめるはずでした。

ところが、東宮が他界したことで、彼女の運命は一転。若くして六条の風情ある私邸で、娘とともに静かに暮らすことになります。やがてその風雅な暮らしぶりと彼女の人柄は、光源氏をはじめ、多くの貴族たちの憧《あこが》れの存在となっていきました。

光源氏への断ちがたい思い

物語では、二人の最初の出逢いについてはふれられず、七歳下の若い恋人、源氏への恋に苦悶するところから御息所の女心が語られていきます。

源氏とのこじれた関係が世間にも知れわたっているなか、御息所は、人目を忍んで葵祭《あおいまつり》に出掛けます。しかし、そこで正妻の葵の上一行との車争いになり、御息所であることが人々に知られてしまいます。その屈辱感から、すさまじい物の怪《け》となって、葵の上をとり殺してしまいます。

御息所は、斎宮《さいぐう》となった娘に付き添って伊勢に下向《げこう》します。帰京した御息所は娘を源氏に託して病死。後年、その霊魂は源氏への愛執ゆえに物の怪となり、紫の上をも危篤に陥らせます。

御息所という人物像は、人間の愛執の業《ごう》を描くとともに、多くの愛人関係を結ぶ源氏の人生を根源的に問い直す視点にもなっているのです。

そうはおっしゃってもあなた……
わたくしが伊勢《いせ》にいくのをお止めにはならない……

苦悩の恋

自尊心の高い御息所にとって、源氏に捨てられるのは耐えがたく、その源氏への執心が物の怪になるほど思いつめます。思いを断ち切るように、伊勢に下向することを心に決めます。

愛執に憂悶する 六条御息所の物の怪事件

●御息所と葵の上の車争い

源氏二十一歳の年。桐壺帝が退位して桐壺院《いん》となり、それまでの東宮《とうぐう》が朱雀帝《すざくてい》として即位しました。新しい東宮には、桐壺院の考えどおりに、藤壺腹《ばら》の第十皇子（じつは源氏の子）が立つことになったのでした。

前々の亡き東宮の后妃《きさき》であった六条御息所は、高貴な身の未亡人。いまは源氏と深い仲になっていますが、優雅で奥ゆかしく、教養豊かだと評判の人柄でした。もともと、父の大臣から将来を期待されて東宮のもとに入内《じゅだい》したのに、その父にも東宮にも早く死別してしまったのです。不運というほかありません。彼女は、いまは源氏の冷淡な態度を嘆いています。

亡き東宮との間にもうけた御息所の一人娘が、伊勢神宮の新たな斎宮《さいぐう》に決まりました。御息所は、源氏との不幸な関係を考えて、自分も娘に同行して伊勢に下ろうかと思うようになって

知識

斎宮、斎院は神に奉仕する

伊勢神宮に奉仕する皇女を斎宮、賀茂神社に奉仕する皇女を斎院《さいいん》といいます。いずれも皇族の未婚の女性から選ばれました。帝の御代替《みよが》わりで、奉仕する斎宮も斎院も替わるのです。

斎宮、斎院は、なによりも清浄であることが求められました。

斎宮は伊勢神宮に入る前に嵯峨野《さがの》の野宮《ののみや》で潔斎《けっさい》することになっています。源氏が六条御息所を訪ねていったのは、その折のことです。

葵祭の行列。光源氏は葵の上の車には会釈《えしゃ》をしたが、六条御息所には気づかずに通りすぎてしまった

知識

王朝の豪華さを今に伝える葵祭

賀茂神社の例大祭は、四月中の酉《とり》の日に催されます。冠や車の御簾《みす》を葵の葉で飾り、葵祭ともよばれます。

皇女が斎院として、祭礼に関する神事を務めます。祭の前日には賀茂川で御禊《ごけい》（みそぎをすること）の神事《しんじ》がおこなわれます。

祭礼の行列は宮中から下鴨神社、上賀茂神社へと進んでいきます。行列は勅使《ちょくし》のほか朝廷の文武官、大勢の舞人や楽人が供奉《ぐぶ》し、盛大なものとなります。光源氏はこの年の勅使だったのです。

当時から、人々は行列の見物を楽しみにしていました。葵祭は現在でも昔の様子そのままに伝えられています。

います。

四月、賀茂《かも》神社の恒例の祭礼の日がやってきます。葵祭です。その行列に、今年は源氏も参加するとのこと。都大路《みやこおおじ》は見物衆で大にぎわいです。御息所も、源氏の加わった行列をひそかに見物しようと出掛けていました。

ところが、こともあろうに源氏の正妻の葵の上の一行がやってきて、御息所の一行は難くせをつけられ、しまいには牛車《ぎっしゃ》を蹴散《けち》らされてしまいます。これが有名な車争いの話です。

●さまよい出る魂

御息所は、もともと自尊心の高い女君です。それだけに、ひどく傷つき、みじめさにふるえるほかありません。いつしか彼女の魂が、自分の意思とはかかわりなく体から抜け出て、葵の上に生霊《いきりょう》としてとりつくようになったのです。

葵の上は物の怪に苦しめられながらも、どうにか男児を出産します。これが源氏の長男、夕霧《ゆうぎり》です。しかし葵の上はついにとり殺されてしまいます。

葵の上の喪《も》があけてから、源氏は紫の上とあらためて夫婦として結ばれることになります。

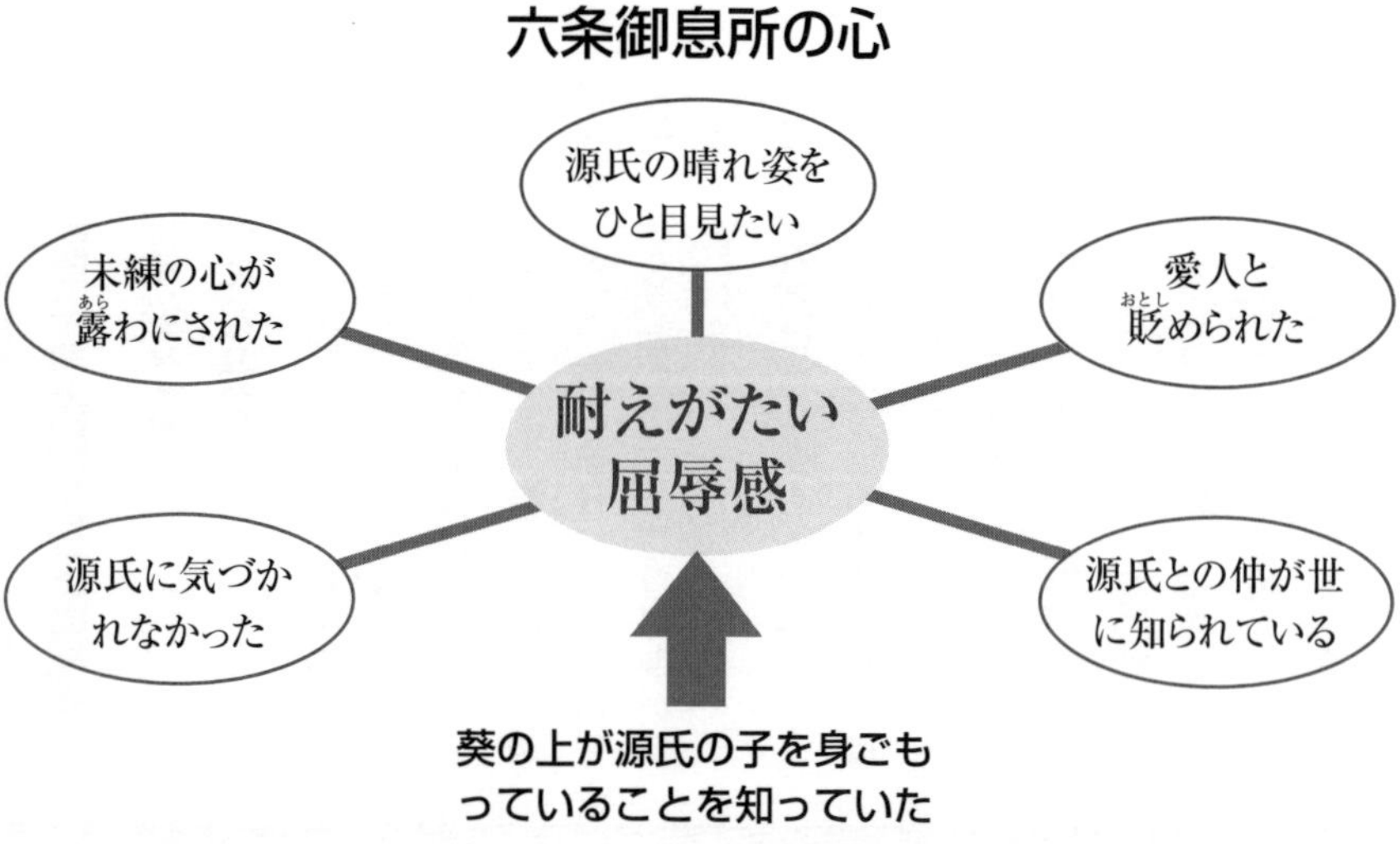
六条御息所の心
源氏の晴れ姿をひと目見たい
未練の心が露《あら》わにされた
愛人と貶《おとし》められた
耐えがたい屈辱感
源氏に気づかれなかった
源氏との仲が世に知られている
葵の上が源氏の子を身ごもっていることを知っていた

有名な車争いの場。葵の上一行は「たかだか愛人のくせに」と、御息所の車を蹴散らしてしまった。その騒ぎを葵の上は抑えることができなかった

のちに源氏はこの顚末《てんまつ》を聞き、六条御息所のことを思って胸を痛める

知識

物の怪が葵の上をとり殺す

物語屈指の場面

物語によれば、魂が肉体から勝手にさまよい出るさまを、御息所じしんの混濁する意識に即して語り、さらに葵の上にとりついて呻《うめ》く物の怪《け》のすさまじさを、源氏の目と心に即して語っています。

御息所は自らの魂が浮遊していることに気づいていたが、意思ではどうにもならない

御息所の意識

すこしうちまどろみたまふ夢には、かの姫君と思しき人の、いときよらにてある所に行きて、とかくひきまさぐり、現《うつつ》にも似ず、猛《たけ》くいかきひたぶる心出で来て、うちかなぐるなど見えたまふこと、度重《たびかさ》なりにけり

文意

すこしうとうとまどろむと、夢の中で、あの葵の上とおぼしき人がたいそうきれいな姿でいる所に自分が行って、あちこちひきまわし、いつもとはまるで違うように、猛々《たけだけ》しく恐ろしい一途な気持ちが生じてきて、乱暴にかきむしったりしている自分の姿を見ることが度重なった

御息所は現実では、葵の上を憎くて呪《のろ》ってやるなどとは思わないのに、その意思を超えて魂がさまよい出てしまいます。

出産を終えて体力も回復しはじめた葵の上ですが、再び物の怪が現れ、ついにとり殺されてしまいます。

源氏は、妻の死を悲しむとともに、物の怪が御息所とわかり、女の怨念《おんねん》のすさまじさに愕然《がくぜん》とします。

苦しむ葵の上に、祈祷《きとう》の声もいっそう高くなる。ところが葵の上の言葉が、いつしか物の怪（六条御息所）の言葉に変わっていた。祈祷をゆるめてほしいと言う

物の怪とは、魂が肉体から離れた生霊をも、死者の魂の死霊をもいう。いずれも平安時代特有の想像の産物

賢木《さかき》、花散里《はなちるさと》

別れに涙する日々　源氏の孤立と恋

●伊勢下向

物の怪《け》の一件以来、源氏と六条御息所は没交渉になっていました。源氏二十三歳の九月のこと。六条御息所は、娘が斎宮《さいぐう》になり伊勢に赴《おもむ》く、それに同行することになります。

そのことを耳にした源氏は、さすがに未練を抑えがたく、彼女を嵯峨野《さがの》の野宮《ののみや》に訪ねるのです。晩秋の風情のなかで二人は和歌のやりとりでからくも心を通わすのですが、御息所の決意はけっしてにぶることがありません。

●朱雀帝が即位する

冬十月、桐壺院が重態に陥りました。重要な遺言《ゆいごん》を言い置いたまま、翌月になって、ついに崩御《ほうぎょ》してしまったのです。次の帝は弘徽殿《こきでん》女御の産んだ第一皇子。朱雀帝《すざくてい》です。

一方、朧月夜は、源氏との仲が世間に知られてしまったので、正式な后妃《きさき》として入内《じゅだい》できなくなっていました。そこで、右大

和歌に託される、抑えた思い

源氏は野宮で簀子《すのこ》（縁側）にたたずんでいるが、長い年月を経て言葉もない。色の変わらない榊《さかき》の枝を御簾《みす》の内に差し入れて、ようやく歌を詠み通わす。しかし、歌でしか語りあえない二人の気持ちは、もはやかみあわず、たがいの孤立が際立つ。

源氏の言葉

「変らぬ色をしるべにてこそ、斎垣《いがき》も越えはべりにけれ。さも心憂《こころう》く」

文意

「私は、榊の色のように変わらぬ自分の心に導かれて、越えてはならぬ神垣をも越えて参りました。それなのにこのお扱いはつらく…」

御息所の歌

神垣はしるしの杉もなきものをいかにまがへて折れるさかきぞ

文意

この神垣には人を導く目じるしの杉もないのに、あなたはどう間違えて、この榊を折って訪ねてきたのでしょう

源氏の歌

少女子《をとめご》があたりと思へば榊葉《さかきば》の香《か》をなつかしみとめてこそ折れ

文意

神に仕える少女のいるあたりだと思い、榊葉の香りがなつかしいものだから、捜し求めて参りました

臣は朧月夜を女官《じょかん》として出仕させることにします。

二月、宮中に入った朧月夜は、女官の最高位の尚侍《ないしのかみ》として、朱雀帝に近侍《きんじ》するようになります。

朱雀帝は、桐壺院の臨終《りんじゅう》のまぎわに、東宮（第十皇子）の地位の安泰と源氏の重用とを遺言として受けていました。しかし、帝の母となった弘徽殿大后《おおきさき》ら、右大臣一派の専横を抑えることができません。右大臣方の人々は、源氏や藤壺にも敵対し、きびしい圧力を加えていきます。

ところが源氏は、あたかも権勢社会の世俗に反乱するかのように、藤壺をはじめ、朧月夜、朝顔の姫君などへの、危うい懸《け》想《そう》を繰り返していくのです。藤壺はもともと不倫の相手。朧月夜は源氏と敵対する右大臣の娘、朝顔は男を近づけてはならない賀茂《かも》の斎院《さいいん》なのですから、いずれも露見すれば源氏は身を滅ぼすこと必定《ひつじょう》です。

●藤壺の出家

桐壺院が崩御し、自邸に退出していた藤壺は、わが子東宮の後見《うしろみ》役として源氏を頼りにするほかありません。しかし源氏は恋情を訴えかけてくることしきり。秘事が露見すれば、自分や

桐壺院の遺言

自らの死期をさとった桐壺院は、重態の床で、朱雀帝と源氏に遺言を伝えたのでした。

源氏を朝廷の補佐役に
東宮は将来かならず即位するように
桐壺院

右大臣側はこの遺言を聞いていません。危篤の桐壺院のそば近くには、藤壺の宮がつききりです。そのため弘徽殿大后は気がひけて、結局、見舞うことができなかったのです。

桐壺院《きりつぼいん》がおかくれになってまるでこの世まで闇《やみ》になってしまったようじゃ
帝《みかど》はまだお若いうえに外戚《がいせき》の右大臣はあのような短慮なおかた
とてもまえのようなよい時代は望めぬのう

桐壺院が崩御し、多くの人々が悲しんだ

桐壺院崩御の波紋

光源氏

難しい状況にあればあるほど、危険な恋に身をさらしていく

↓

自ら須磨《すま》の地へ退去することを選ぶ

藤壺の宮

「自分が死んでしまったら敗北だ。世間の物笑いの種にもなるだろう」

↓

「東宮を守らなくてはならない」
出家の道を選ぶ

右大臣、弘徽殿大后

「新しく帝位に立った朱雀帝は、自分たちの思いどおりになる」

●

「これを機会に東宮を廃してしまおう」

●

「藤壺の宮と光源氏を失脚させよう」

源氏はもちろん、東宮も破滅してしまいます。

悩み、おそれる藤壺は、出家を決意します。源氏の激情を抑えながら協力をとりつけるために、最善の策と考えたのです。仏に仕える身には源氏もこれまでのように懸想しなくなるだろうと思い、尼の身になってしまいました。

ある雷雨の早朝、源氏は朧月夜との密会を、ついに右大臣に見つけられてしまいました。右大臣や弘徽殿大后は激怒します。彼らは、今こそ源氏を失脚させる好機と、策略をめぐらそうとします。

●花散里《はなちるさと》との昔語り

源氏は、ある夏の夕べ、亡き桐壺院の女御《にょうご》の一人であった麗《れい》景殿《けいでん》女御の邸を訪れました。昔のことをなつかしく思い出させる橘《たちばな》の花が咲き匂うころでした。

同じ邸内に住む妹の花散里は、源氏とはかねてから深い仲でした。源氏は、この姉妹とともに、桐壺院生前の往時をなつかしみ、心なごませたのでした。

誠実でおだやかな性格の花散里

麗景殿女御の妹、花散里と源氏との出逢いは、まだ桐壺院が帝位にあって元気な時分のことでした。

彼女はけっして低くない身分ながら、人柄はごくひかえめ。誠実で温順な性格で、源氏にとって大切な女君のひとりです。派手さがないため、やや注目されにくいのですが、のちに六条院で夏の町に住まうなど、重要な位置を占めていくのです。

花散里は源氏の衣裳を支度していますが、本来なら正妻の役割。また、夏の町では源氏の唯一の息子、夕霧の世話をするようになります。

身分的にいっても役割の上からも、じつはたいそう重んじられている女君なのです。

桐壺院が崩御し、多くの人が源氏から遠ざかっていく。「橘の香りをなつかしむ郭公《ほととぎす》のように、花散里をたずねてきた」と言う源氏を温かく迎えてくれたのが、花散里だった

四人の女君(2)・藤壺

光源氏との道ならぬ恋

藤壺は、先帝《せんだい》の四《し》の宮《みや》で、源氏の父、桐壺帝のもっとも寵愛《ちょうあい》する后妃《きさき》となりました。人々が「輝《かかや》く日の宮」とよぶほど美しい高貴な女君です。かつて桐壺帝が寵愛し、源氏を産んでまもなく亡くなった桐壺の更衣に、よく似ていました。

幼いころに母と死別した源氏は、母に似ているという藤壺を実母のように慕います。しかし、長ずるにしたがって、母への思慕は、理想の異性への恋慕へと変わります。禁断の恋に悩む源氏は、藤壺の面影を求めて、多くの恋愛遍歴を重ねます。

それでも藤壺への思いを抑えきれない源氏は、とうとう藤壺と密通。藤壺も、理不尽なまでに激しい源氏の思いに対して、一面では冷静に自制し拒否し続けながら、一面ではやむにやまれぬ思いに共感します。そして一夜の契《ちぎ》りで、源氏の子を宿してしまうのです。

御子《おこ》は……生まれてくる皇子《みこ》は……じつは父上の御子ではなく……
もしや……あの折の……？

良心の呵責《かしゃく》に悩む

源氏と密通した藤壺は、不義の皇子を出産。源氏にうり二つの皇子を守り育てながら、生涯、犯した罪の重さにおそれ、ただ耐えていきます。

女院にまでのぼりつめた栄耀

桐壺帝の寵愛を受け、中宮となり、帝の母（国母）となり、出家ののちも女院にまでのぼりつめた藤壺の人生は、まさに栄耀栄華。と同時に、源氏との不義を隠しとおし、わが子を守るための苦悩も人並みはずれたものがありました。

わが子を守るために出家の道へ

源氏との不義の皇子は、表向きは桐壺帝の子であり、東宮《とうぐう》になることを約束されています。その皇子を産んだ藤壺は、のちに中宮となります。

罪の意識をかかえ苦悩しながら、一方で、嫉妬《しっと》する弘徽殿大后《こきでんのおおきさき》の呪わしい言葉にも、負けまいとする強い心が生まれ、生きる力になっていきます。

桐壺帝が退位し、朱雀帝の御代《みよ》となると、右大臣方の権勢が盛んとなり、東宮の地位が危うくなります。頼みの綱は東宮の後見《うしろみ》役、源氏のみ。藤壺が、源氏の懸想《けそう》をかわしながら庇護者としてつなぎとめておくために出家の道を選ぶところは、戦略的でさえあります。しかし、これもわが子を守るための、母としての深い思慮といえるでしょう。

東宮はやがて冷泉帝として即位し、自らは女院《にょいん》に。その栄華のなか、三十七歳の若さで生涯を閉じました。

わびしき閑居　須磨の流離生活

●自ら須磨へ

二十六歳の春、源氏は朧月夜との一件で、完全に政界から放逐《ほうちく》されかねないと危ぶんでいました。本来、尚 侍《ないしのかみ》は正式な后妃《きさき》ではなく、恋じたいは罪とはいえません。しかし、右大臣・弘徽殿方から、無実の謀反《むほん》の罪に陥《おとしい》れられようとしています。すでに官位を召し上げられ、謀反の罪で捕らえられるのも時間の問題。東宮《とうぐう》にも累《るい》が及びかねません。

そこで、心の余裕もないまま、捕らえられる前に、自主的に須磨の地に退去したのでした。

左大臣家の人々と別れを惜しみ、東宮や、大切な女君たちと別れの歌を詠み交わして、三月下旬、少数の供を連れて、須磨へと発《た》っていきました。留守中のことは、紫の上に頼んでいきます。

原文を味わおう

須磨には、いとど心づくしの秋風に、海はすこし遠けれど、行平《ゆきひら》の中納言の、関吹き越ゆると言ひけん浦波、夜々《よるよる》はげにいと近く聞こえて、またなくあはれなるものはかかる所の秋なりけり

文意

須磨では、たいそう心をくだく秋風が吹く季節をむかえて、源氏の住まいは海からすこし遠いけれど、かつて行平の中納言が、関吹き越ゆると詠んだという、その浦波が、夜はよく聞こえて、比類なくあわれなものは、このような場所の秋なのだった

名文のほまれたかい一文です。在原行平（業平《なりひら》の兄）が住んだという伝承、そのとき詠んだ歌をふまえています。

都を思いながら海を見やる源氏は、たいそう麗しく魅力的だったと物語ではいう

このごろは
友人たちの
文も
とだえがち
だな
こうして
忘れられて
ゆくのだ
はあ……
世の中からも
人からも……

須磨のわび住まいにも和歌のやりとりがあった

須磨での源氏の住まいは、都とは一風変わったその土地なりのわびしさがあるものの、流離《りゅうり》の身でなければむしろ風趣さえ感じられる住まいでした。

眠れない夜、源氏は琴《きん》をかき鳴らして、その響きにぞっとして中断し、都にいる人々を思います。

右大臣や弘徽殿の怒りにふれないよう、政治的な思惑から、多くの人が源氏から離れていきました。しかし、そのようななかでも、都の女君たちと和歌のやりとりは続いています。紫の上、藤壺、朧月夜、花散里はもちろん、伊勢にいる六条御息所とも書簡を送りあい、歌を詠み交わしているのです。

さらに驚くのは、頭中将が須磨までたずねてくれたことです。

●須磨での暮らし

須磨では、日ごとに閑居《かんきょ》のわびしさがつのっていきます。五月雨《さみだれ》のころ、都の紫の上ら女君たちや、伊勢に下った御息所らと歌の文通を繰り返します。それは、身は須磨に遠のきながらも心は歌によって魂をふれあわせているかのようです。

都でも、多くの人が源氏を偲《しの》んでいます。須磨の地の源氏は、琴《きん》や絵、和歌でようやく心を慰めながら、秋から冬へと時は過ぎていきました。

●須磨の嵐

翌年三月三日、源氏が海辺で開運のための禊《みそぎ》を始めるや、にわかに大暴風雨に襲われます。三月十三日の夜、源氏の夢に亡き桐壺院が現れ、早くこの地を去れと言いました。

これと呼応するかのように、明石《あかし》の入道が源氏のもとへやってきます。もとより入道は、これまで住吉の神に願《がん》をかけてきたという人物。入道は、嵐がおさまったら須磨へ船を出せとの住吉の神の夢告《むこく》を受けてきた、というのです。

入道の申し出にしたがい、源氏は須磨の流離生活から脱出して、入道のもとに迎えられることになります。

都の異変

須磨で源氏が大暴風雨に襲われた
あと、都でも異変が続いた

太政大臣（もとの右大臣）が亡くなった

暴風雨が吹き荒れ、雹《ひょう》がふり、雷がしずまらない

弘徽殿大后は病床につき、重くなっていく

朱雀帝が眼病を患ってしまった

3月上巳《じょうし》の日、海辺にて御禊《ごけい》をしていたところ、にわかに暴風雨に襲われた

もうすこしで波にさらわれるところだった……
けがれをはらうつもりが神の怒りにふれたかな

「須磨」の巻末から「明石」の巻頭にかけて、物語中もっとも超越的な力が作用している趣。嵐、天変地異、亡き桐壺帝の夢告…

明石《あかし》

住吉の神の導きか　明石の人々と源氏

●明石の入道の願い

明石の入道は、源氏が須磨《すま》に流離《りゅうり》したのは、住吉の神が自分の願いを聞き届けてくれて、わが娘を高貴な人と結びつけるための神慮だった、と信じこんでいます。

入道は、もともと大臣家の子孫で、近衛《このえ》中将であったのですが、自ら位を下げて播磨守《はりまのかみ》となり、任の果てた後も土着するという、特異な生き方をしている人物です。彼は、早くから住吉の神の霊験をたのんで、一人娘を、高貴な人にと志してきましたが、いまでは、死後の極楽往生をも願って、出家の身となっています。妻もそれにしたがって、明石の尼君とよばれます。

入道の誘いで明石に移った源氏は、入道の娘の明石の君と結ばれるようになります。

●身分の違いに躊躇する明石の君

しかし、明石の君は、当初、源氏とはあまりに釣り合わない

知識

古くから人気があった「流される物語」

源氏は、京の都から遠く、須磨、明石へと流れていきます。

ほかにも、高貴な身分の主人公が、非運のもとに各地を転々として苦難を重ねる物語はいくつもあります。これらを「貴種流離」「王子流され」と呼びます。日本人はもともとこうした悲劇的な設定に心うたれるのでしょう。

ただ、『源氏物語』は流離の先で明石の人々と出会うなど、苦難だけではないのが、当時としては斬新でした。

いっそう
淡路《あわじ》が近い
のだな
このような
わび住まいに
源氏《げんじ》の君《きみ》を
お迎えしよう
とは
お身の上を
思いますれば
おいたわしい
かぎりですが

源氏を救い出そうとする桐壺院の霊力と、住吉の神の威力により、源氏が入道のもとに迎えられた

明石の入道とはどんな人物なのだろう

明石の入道は、もともと大臣家の出身でしたが、家系は衰退の一途をたどっていました。近衛の中将だったとき、その官を捨てて、播磨守という地方官の受領《ずりょう》になったのです。位も従四位下から従五位下にと下がったのですから、たいそう変わった人物です。

じつは明石の入道があえてこのような選択をしたのは、娘が生まれ、その娘が国母《こくも》になるという夢をみたからなのです。家系の復興の願いをもち続けていくのですが、このことは後になってから明かされます。

ともかくも娘に異常な期待をかける父親でした。貴顕《きけん》との縁を結ぶために、娘に高い教養を身につけさせ、経済的な基盤を築いていきます。

自分の身分の低さを痛感し、このような結婚は不幸のもとだと、源氏をさけ続けます。心の内には源氏に憧《あこが》れる気持ちもあるのですが、「身のほど」（身分差）を思うと簡単には応じられないのです。

源氏は当初、明石の君の態度から、身分に合わぬほど気位の高い女なのかと疑ったのですが、しだいに都人《みやこびと》にも負《ひ》けをとらぬ気品ある嗜《たしな》みや心構え、すぐれた美貌に惹《ひ》かれていきます。また、彼女の和歌や音楽にも並々ならぬ技倆《ぎりょう》がみられます。

明石の君は、強引に源氏と結ばれた後も、一方では源氏と共感を分かちあいながらも、他方では常に「身のほど」を思う現実感覚をにぶらせることがありません。この現実意識が、今後も物語を通して、彼女の生涯を貫いていきます。

●源氏の帰京が決まる

都では、三月の天変地異以来、凶事《きょうじ》が続いています。朱雀帝は眼病を患い、右大臣が亡くなり、弘徽殿大后は病床にありま す。帝は動揺し、源氏を都によびもどそうと願います。

翌年、帝は譲位をも考え、弘徽殿大后の反対をおしきって、源氏を召喚すると決めてしまいます。

明石の君は高い教養を身につけていた

源氏への返歌の筆跡など、みごとなものでした。源氏は明石の君を、なまじな女君よりも上品だと思います。六条御息所にも似たところがある、とさえ感じていました。

筆跡だけでなく、琴の演奏、姿かたち、態度、雰囲気なども、申し分ありません。なかでも琴と和歌は抜群の名手であったとされます。

当時、貴族の教養は、男女で求められるものが違いました。男は漢詩文ができなければ身を立てていくことができないとされ、このほか和歌、管弦など。女は第一に書（習字）、そして琴、和歌でした。

明石の君は、必要な教養は十分身につけていたといえます。

明石の君の切ない心

明石の君は、源氏が都に帰ると知り、予想していたように別れるために出逢った恋だと悲しみます。しかしこのとき、明石の君は源氏の子を身ごもっていました。

源氏は明石の君に琴《きん》を残し置いて、別れを惜しみ惜しみ、ついに帰京することになった

澪標《みおつくし》、蓬生《よもぎう》、関屋《せきや》

人々が待ち望んでいた 光源氏の復活

●朱雀帝から冷泉帝へ

帰京した源氏は、権大納言《ごんだいなごん》として政界に復活するようになります。しばらくして朱雀帝は帝位から退き、新たに東宮が冷泉《れいぜい》帝《てい》として即位しました。譲位を前に、朱雀帝が朧月夜を相手に、「源氏にはかなわぬ」と恋の恨み言をいってしまいます。個人的な恋の感情が物語の表層に現れるかたちで、政権の交替が告げられたということでしょう。

御代替《みよが》わりによって、源氏は内大臣に昇進。藤壺も、のちに異例の女院《にょいん》にのぼりつめます。女院とは、上皇に準ずるような女性最高の栄耀を意味します。

新しく即位した冷泉帝のもとに、どんな后妃《きさき》たちが入内《じゅだい》するかも、世の権勢のありようという点で、大きな関心になっていきます。もとの頭中将、現在の権中納言《ごんちゅうなごん》は源氏の親友ですが、彼の娘が弘徽殿女御《こきでんのにょうご》として入内《じゅだい》しました。これによって、権中

光源氏のみごとな復活

朱雀帝の勅命により、都への帰還がかなった光源氏。帰ってすぐ、須磨に流される前と同じ参議右大将《さんぎのうだいしょう》に復しますが、その後、本来の順番なら中納言を務めるところ、一足飛びに権大納言に任命されます。

これはまったく異例のこと。本来なら、謀反《むほん》の罪で流された危険人物として扱われるはずですが、絶大な権勢を手にすることになります。

右大臣側の力が弱まり、朱雀帝は自らの意思を通すことができました。

ほんとうに……たいそうな人だこと……
お供物《くもつ》もあんなに……
いったいどこのどなたのご参詣《さんけい》かしら

住吉で源氏の一行と偶然いっしょになり、明石の君は気後れしてお参りをせずに帰ってしまう

納言がいずれ政界の重鎮《じゅうちん》になる道が開かれ、源氏との微妙な対立関係が生じようとしています。

●源氏と明石の君の住吉参詣

これより以前のこと、源氏は、明石の君が女児を出産したとの報告を受けていました。彼は将来、この子を后《きさき》がね（将来の后候補）として養育しようと、慎重に乳母《めのと》を選んで、明石の地に送りこんだのでした。明石の側からすれば、源氏の手厚い心遣《づか》いは予想以上のものでした。

その年の秋のこと。源氏は、無事に帰京できたことの御礼参りのために、住吉神社に詣《もう》でます。そのおり、偶然にも参詣していた明石の君一行が、源氏一行と鉢合わせてしまいます。彼女は源氏一行の栄《は》えばえしい様子に、あらためて「身のほど」を思い知らされるのです。それはそれとして、住吉の神域で二人が出会うというのは、いかにも運命的ではあります。

●六条御息所の死去

御代替わりとともに、斎宮《さいぐう》も交替。六条御息所母娘も帰京することになりますが、まもなく御息所は死去してしまいます。死の直前、源氏は御息所から、娘の前斎宮《さきのさいぐう》の後見役《うしろみ》になってほしいと頼まれます。源氏は、彼女を養女にしたうえで、冷泉帝のもとに入内させようとひそかに考え始めます。実現させるために、女院となった藤壺にも協力を仰ぎます。

●源氏を待ち続ける末摘花

これまでの内容は主に「澪標」巻に語られていますが、続く「蓬生」「関屋」巻は、末摘花と空蝉の後日譚になっています。

源氏が須磨、明石に流離していたころ、末摘花は悲惨な暮らしをしていました。彼女は、邸《やしき》の庭木や道具類を所望《しょもう》する者があってもけっして手放さず、生活がどんなに困窮をきわめようと、かたくななまでに亡き父宮の遺風を守っていたのでした。

かつてこの宮家から侮《あなど》られた叔母が、いまこそ報復してやろうと意地悪をして、末摘花の唯一の相談相手であった女房の侍《じ》

一度契った相手は忘れない

物語のなかで多くの女性遍歴をする光源氏ですが、彼の心の底にあるのは、藤壺の宮への思慕です。しかしこれは許されない恋。苦しさの反動から、多くの女たちを求めてしまうのです。

こうした源氏の行状を、物語の語り手は、浮気っぽいわけではないといいます。世俗的な色恋ごとを彼は好まないというのです。ところが、時にはまるで別人のように危険を冒《おか》して恋を追い求める癖があって、不都合なふるまいもあるといいます。

複雑な心模様ですが、一度かかわりをもった相手は終生大切にするという律義な面ももっています。のちに、新装なった二条東院に末摘花、空蝉を住まわせ、世話をしていきます。

……雨もりも
するけれどね
でも……わたし
この家を
出るなんて
とても
こわくて……
ピットン…
ピッチョン…
ポッチョン…
……そんなの
わたくしには
できないわ
侍従《じじゅう》……

荒れ果てた邸に住み続ける末摘花。訪ねてくるのは出家した兄ぐらい。源氏からは、忘れられてしまったのだろうか

末摘花の精神力には ただ驚くばかり

光源氏が須磨《すま》に流され、末摘花は生活の術《すべ》がなくなります。巻名の蓬《よもぎ》とは雑草のこと。「もとより荒れたりし宮の内、いとど狐の住《す》み処《か》になりて」とあるように、庭には雑草が生い茂り、人間の住み処とはいえない状態です。

ところが彼女は源氏を待ちます。叔母が末摘花を自分の娘の侍女にしようとたくらんでも引き受けず、生活が困窮しても道具類を手放しません。源氏はもうあなたのことなど忘れている、と叔母に言われても、帰京した源氏がすぐたずねてこなくても、頼りにしていた侍従が筑紫に去って末摘花ひとりになっても、ただ待ち続けるのです。

待つことしかできなかったとはいえ、その精神力には驚嘆させられます。

従《じゅう》までをも連れ去ってしまいます。冬になり、荒廃した邸を雪が降り埋めていきます。

翌年の夏のこと、帰京した源氏が、この荒廃した邸の前を通りがかり、末摘花が自分をひたすら信じて待っていたことを知ります。そして彼女の志に感動し、末長く世話をしようと決心するのです。のちに二条東院を新築し、彼女を引き取ることになります。

●空蟬と偶然の再会

逢坂《おおさか》の関で、石山参詣のための源氏一行は、偶然にも空蟬一行と行き会います。かつて源氏と一夜の契りをかわした空蟬は、夫とともに赴任地で長く暮らしていたのですが、このたび任期が果て、上京することになったのでした。

空蟬は源氏の詠みかけた歌に、昔を思い出し、感慨にふけるほかありません。

彼女はのちに年老いた夫と死別し、やがて尼になりますが、やはり二条東院に引き取られることになるのです。

源氏は、かつて使いをした小君《こぎみ》（空蟬の弟）を呼んで空蟬へ文を送り、逢坂の関では会えなくて残念だったと伝えた

……ああ……
わたしにとっては
ただ一度の恋が……
あのかたにとってもやはり忘れられぬ若い日の恋だったのだ

知識

和歌から心情、人間関係が読み取れる

物語では和歌の役割が重要

歌物語といわれる『伊勢物語《いせものがたり》』はもちろんのこと、物語には多くの和歌がはさみこまれています。『源氏物語』では七百九十五首もの和歌が詠《よ》まれます。

その多くは贈答歌で、源氏と多くの女君たちの恋愛模様をさまざまに表現しています。また、和歌は身分の上下関係を表す語を用いないので、身分差がある男女でも対等に歌を詠み交わすことができるというのも、恋のかけひきを魅力的にしています。恋愛にかかせない道具といえましょう。

恋も和歌で始まる

和歌を詠み交わすことで恋が始まり、逢瀬《おうせ》の後《のち》に、男が女へ後朝《きぬぎぬ》の歌を贈るのが通例です。

贈答歌には約束ごとがあります。はじめに男が女を思っている歌を贈り、女がなんらかのかたちで切り返すという形式です。『源氏物語』の作中人物たちも、そうした形式どおりに歌を詠み交わしますが、それがかえって言葉だけのむなしい関係を際立たせたり、切れかかった関係をつなぎとめたりするなど、和歌によって人間関係を複雑につむぎ、物語を豊かにする効果をもたらしています。

和歌の種類

独詠歌
自分の思いを一人でつぶやくように詠んだもので、独白にあたる

贈答歌
恋の関係では、まず男が歌を投げかけ、女が答える形をとる。二人の対話にあたる

唱和
三人以上が同一の場面でおたがいに歌を詠みあうもので、座談にあたる

絵合《えあわせ》、松風《まつかぜ》、薄雲《うすぐも》

後宮での優劣が明らかに栄華への道

絵の名作くらべ

六条御息所の遺児である前斎宮《さきのさいぐう》は、源氏の娘分となり、彼の思惑どおり、冷泉帝の女御《にょうご》として入内《じゅだい》します。この斎宮女御は、前に入内していた権中納言（もとの頭中将）の娘である弘《こ》徽殿《きでん》女御と、帝の寵愛《ちょうあい》を二分することになります。これは、後《うしろ》見《み》役の権勢争いでもあります。

帝にはもともと絵を好む趣味がありました。そこで、二人の女御のもとには、さまざまな名品が後援者から送りこまれます。とりわけ斎宮女御は絵に造詣《ぞうけい》が深いため、帝も足しげく通うようになります。

心おだやかでない権中納言は、名手といわれる人々に命じてすぐれた絵をかかせます。源氏も名作をそろえます。

藤壺女院の前で、二人の女御方が左右に分かれて物語絵合《ものがたりえあわせ》を試みることになります。しかしいずれも名品ぞろいで、優劣が

源氏と秋好中宮との微妙な関係

秋好中宮《あきこのむちゅうぐう》は六条御息所の娘で、伊勢の斎宮だった女君です。物語では斎宮女御とよばれていました。

源氏は御息所が亡くなるときに後見役を頼まれ、その遺志どおり、まずは養女として、のちに女御として入内させたのです。その経緯をみると、源氏の複雑な心がみてとれます。

源氏は、斎宮女御に恋に似た気持ちを抱いてしまいます。その気持ちを封じこめ、御息所の遺志に添うには、入内こそ最良の策と判断したのでした。

梅壺方《うめつぼがた》は
左に……
赤と紫を
基調とした
衣裳調度《いしょうちょうど》
弘徽殿方《こきでんがた》は
右手に
青と白 緑の
衣裳に
しつらえも
統一……

梅壺方は源氏が後見し、弘徽殿方は権中納言が後見。帝の御前で絵合となった

登場人物の呼び名

物語が進むにつれ、登場人物の呼び名が変わっています。ここで整理しておきましょう。

権大納言⇩内大臣……源氏

斎宮女御（梅壺）⇩秋好中宮……六条御息所の娘

東宮⇩冷泉帝……源氏と藤壺の子

朱雀帝⇩院

藤壺中宮⇩女院

頭中将⇩権中納言

頭中将の娘⇩弘徽殿女御

つきません。

後日、冷泉帝の御前にて再度絵合をおこなったときも、容易に決着がつきません。ところが、最後に出された源氏の須磨の日記絵で、斎宮女御方が勝利をおさめました。この絵合によって、斎宮女御は後宮《こうきゅう》随一の存在となり、ひいては源氏方の権勢も決定的になります。

ここでは、絵合という文化的な趣向の競い合いが、権勢の抗争と連なるものとして語られているのです。

●はじめて接するわが娘

源氏は明石の君に上京をすすめます。しかし、彼女は身分の違いゆえ侮蔑されることもあろうかと、決心がつきません。

入道が嵯峨の大堰川《おおいがわ》のほとりに所有していた別荘を改築し、ここに明石の君、姫君、尼君が移り住むことになります。源氏と明石の君とは三年ぶりの再会。源氏がはじめて接するわが姫君は、まことに可憐《かれん》でした。

姫君を手もとに引き取りたいのですが、明石の君の気持ちを想像すると言い出せません。紫の上にも気兼ねし、造成した嵯峨の御堂《みどう》での念仏などにかこつけながら、月に二度ほどしか訪

明石の君が娘を手放すまで

明石の君は源氏から、二条東院に移り住むようにすすめられるのですが、源氏のそば近くで、多くの妻妾たちに交じることのみじめさを考えると、転居などできないと思います。

しかし、娘の将来を考えると、源氏のもとに移って紫の上の養女となるほうがいい、それなら物心がつかないうちに手放そうか、などと思い乱れるばかりでした。

母の尼君は、将来紫の上にお子が産まれたら、この娘など見捨てられてしまうだろうとも言い、将来のためには源氏にまかせるほうがいい、とすすめます。さまざまな人の意見も聞き、ようやく明石の君は、娘を源氏と紫の上にまかせることを決心するのです。

娘が発《た》っていったのは雪と霰のふる日。山里の寂しさとあいまった厳冬の景色は、まさに明石の君の心模様だった
母も同行すると疑わない幼子《おさなご》は、いっしょに牛車《ぎっしゃ》に乗ろうと母の袖を引く
お車にのんのするの？
おかあちゃまもごいっしょにのんのするのね
……ちい姫……

ねることができません。

●明石の君が姫君と別れる

源氏は、姫君を将来の后妃《きさき》につけるために格上げしようと、紫の上の養女として引き取りたい由を、明石の君に言い続けていました。

明石の君は悩みに悩みぬいた末、これを受け入れたのです。

明石の姫君が源氏の邸《やしき》、二条院に移ったのは、歳末の雪や霰《あられ》がちの心細い日。姫君は実母に別れ、源氏にともなわれて出て行ったのでした。実母の生木《なまき》をひき裂かれるような悲しみは、いうまでもありません。

悲傷の喪《も》の色に沈む 藤壺の死

●藤壺の宮が死去する

源氏三十二歳のとき、天変地異が続き、政界の重要人物も亡くなるのですが、春、藤壺の宮も三十七歳で生涯をとじました。女の三十七歳は厄年《やくどし》といわれます。

世の人々が、すぐれた徳のある女院として、その死を惜しみました。源氏の悲嘆はひととおりではありません。彼はひとり念誦堂《ねんずどう》にひきこもるばかりです。

●帝が出生の秘密を知る

そのようなおり、藤壺に仕えてきた僧が冷泉帝に、じつは冷泉帝の実父は源氏だったという秘密を告げ知らせたのです。帝の衝撃はいうまでもなく、源氏に譲位すべきかとまで悩みます。それと直感した源氏は、動揺する帝を、それとなく諫《いさ》めたのでした。

しかし帝が源氏との秘密の親子関係を知ってしまうことは、

物語の風景の多くは心象風景

藤壺の宮が亡くなったときに源氏が口ずさむ歌では、桜に今年ばかりは墨《すみ》染《ぞめ》の色に咲け、と言っています。墨染とは喪服の濃淡の黒色。ここでの桜は死を連想させる花です。

この春の風景は「夕日がはなやかにさし」「雲が薄く鈍色《にびいろ》にたなびき」などと描かれます。夕暮れの薄明かりのなかで、桜は薄墨色に沈んでいます。

物語で描かれる風景の多くは、実際の様子ではなく、このように源氏の心を象徴した風景なのです。

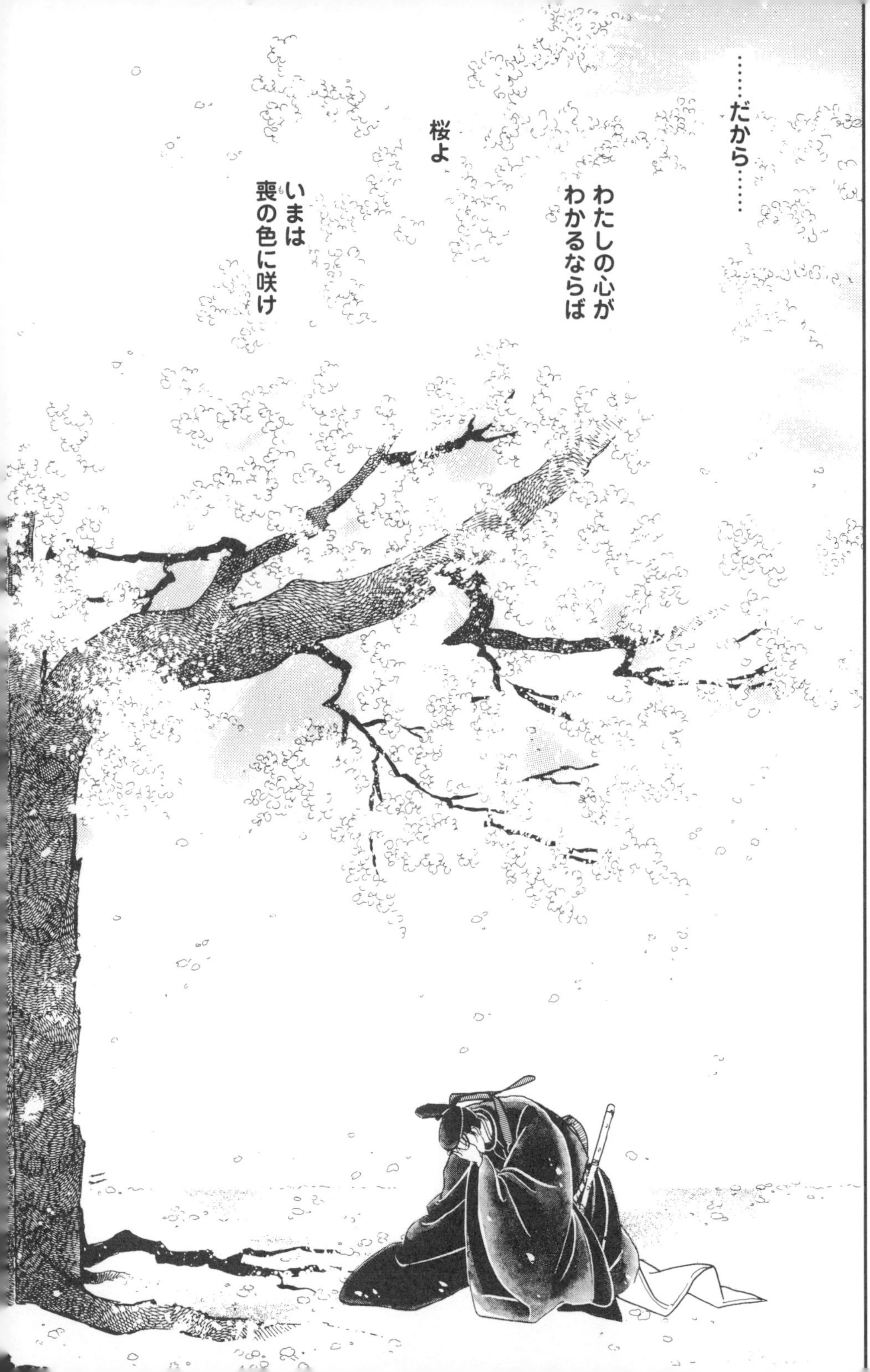
……だから……
わたしの心が
わかるならば
桜よ
いまは
喪《も》の色に咲け

のちに、源氏が帝の父として格別に遇されることの端緒ともなり、物語上、きわめて重要なのです。

●六条院の造営を考え始める

秋になっても、源氏の心の空虚は癒《いや》しがたいものでした。二条院に退《さが》っていた斎宮女御を相手に、いつも以上に親しく語り合うのも、そのためでしょう。源氏は、女御の母の御息所との思い出を語り、春と秋それぞれの情趣を語ります。そこで斎宮女御が秋を好むことを知ります。また、紫の上が春を好むことを知っていました。

ここで、源氏は、四季の美を集めた豪壮な邸宅をつくり、大切な女君たちを住まわせることを考え始めるのです。後の六条院の構想です。

●女君たちの人柄を語る

源氏は、これまで求愛し続けてきた朝顔の姫君に、あらためて接近します。藤壺と死別した心の空しさも加わって、熱心に求めるのでしょう。しかし、彼女は朝顔の歌をやりとりはするものの、心を開きません。

噂が耳に入り、紫の上は嫉妬《しっと》に悩みますが、間もなく杞憂《きゆう》だ

自分をしっかり保った朝顔の姫君

朝顔の姫君とよばれるのは、桃園式部卿宮《とうえんしきぶきょうのみや》の娘。かつて源氏が歌に添えて朝顔を送ったことがあるのです。「帚木」の巻で、女房たちが源氏と朝顔の姫君の噂話をしています。単なる交流ではなく、そこに恋の情が混じっていることは周知の事実。紫の上も気遣っているほどです。

けれども、朝顔の姫君は源氏に惹《ひ》かれてはいても、拒み通します。物語ではまれにも、源氏との距離をじょうずにおき、恋に翻弄されずに自分を保つことができた女君です。

斎院《さいいん》を務めたことからも、その気高さはまさに朝顔というにふさわしいものでしょう。

ったとわかり、安心します。

ある冬の夜、月の光に照らされる雪の庭を見ながら、源氏は紫の上に、過去の多くの女君たちへの批評めいた思い出を語ります。そしてあらためて紫の上の美質を思うのです。藤壺亡きあとの源氏を、全身的に支える女君として、紫の上を認識したということでもあります。

深夜になり、源氏の夢枕に藤壺が立ち現れます。とりたてて法要などをするわけにもいかず、源氏は寺々にひそかに誦経《ずきょう》を依頼しました。


冬の夜、月明かりに雪が光っているさまは、死後の世界を想像させる。「朝顔」の巻には藤壺の鎮魂の意味がこめられているといわれる

少女《おとめ》、初音《はつね》、胡蝶《こちょう》

六条院の豪壮さ

四季それぞれの趣

●夕霧と雲居雁《くもいのかり》の幼い恋

源氏三十三歳の年、長男の夕霧が十二歳で元服します。源氏の長男なのですから、四位ぐらいで任官するのだろうと世間では予想していました。ところが源氏は、大学できびしい教育を受けさせたのです。もともと臣下である夕霧を、官界の大器にしたてあげるためには、学問が必須だと考えたからです。

若い夕霧は日々、刻苦精励したかいがあって、異例の早さで試験にも及第していきました。

そのころ斎宮女御が、冷泉帝の女御たちのなかから抜擢《ばってき》されて中宮になり、秋好中宮《あきこのむちゅうぐう》とよばれます。養父である源氏は太政大臣に昇進しました。

権中納言（もとの頭中将）も内大臣に昇りますが、娘の弘徽殿が中宮になりそこなったのが残念でたまりません。その彼には、外腹《ほかばら》の娘である雲居雁がいます。この娘が東宮のもとに入《じゅ》

知識

大学では漢学を中心に学ぶ

当時の社会は律令制度《りつりょうせいど》に基づいて、さまざまな機構がもうけられていました。教育に関しては、中央には大学、地方には国学があり、貴族や郡司の子弟が学んでいました。

大学では儒教の経典を中心に、紀伝《きでん》（文学、歴史）、明経《みょうぎょう》（儒教理論）、明法（法律）、算道（算術）、書道などの学問がおこなわれています。官吏《かんり》になるためには必須でしたが、貴族の子弟が大学へ行くことはまれでした。

内大臣が雲居雁を自邸に連れ帰る前夜、夕霧と雲居雁とは、かたく隔てられた障子《しょうじ》ごしに話すしかなかった
空をわたる雁《かり》も……
わたしのように
悲しいのかしら……

夕霧と雲居雁の関係

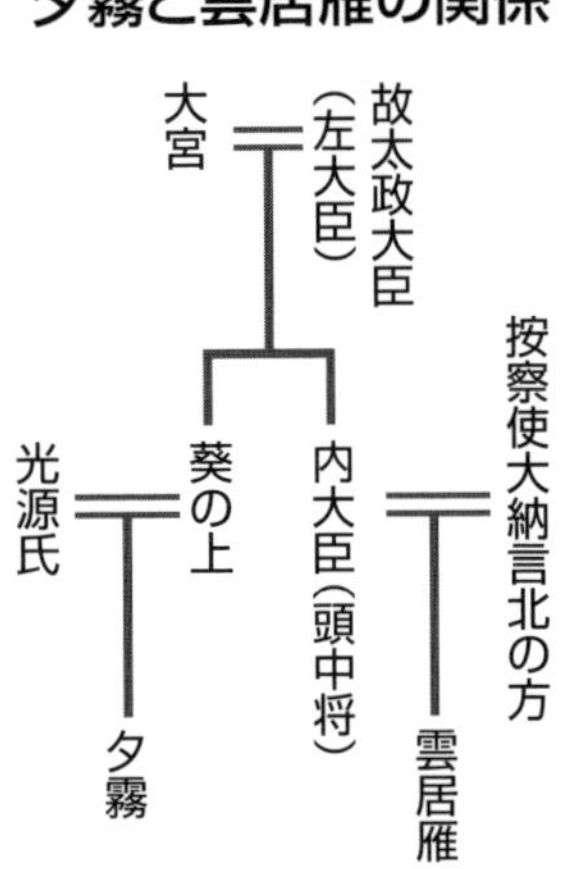
故太政大臣
(左大臣)
大宮
按察使大納言北の方
内大臣(頭中将)
葵の上
光源氏
雲居雁
夕霧

巻名の「少女」は五節の舞姫から

十一月におこなわれる新嘗祭《にいなめまつり》では、帝の御前で少女たちの舞《まい》が舞われます。その少女を五節《ごせち》の舞姫といい、巻名の由来になっています。「百人一首」にある僧遍照《へんじょう》の歌も、舞姫を詠んだ一首です。

天つ風雲の通ひ路吹き閉ぢよ
少女《をとめ》の姿しばしとどめむ

内《だい》することに期待をかけるようになります。

ところが雲居雁は、大宮《おおみや》（内大臣の母。もと左大臣の妻）のもとで、いっしょに育った幼なじみの夕霧と、幼い恋仲になっていました。

内大臣は二人の幼い恋を知り、大宮を非難します。そして雲居雁を強引に自邸に連れていってしまいました。少年少女の純真な恋心はひき裂かれ、悲しみに沈みます。しかし内大臣はけっして許そうとしません。

●六条院の完成

源氏三十五歳の秋、源氏の新しい邸《やしき》の六条院が完成しました。

年が明けて、新装された六条院に、はじめての正月がめぐってきます。それを語る「初音」巻では、源氏が紫の上と新年を祝ったのち、院内をめぐり歩いて、次々に女君たちを訪れるのです。

次の「胡蝶」巻では、晩春三月に春の町で船楽《ふながく》を催し、その翌日には秋好中宮のもとで季《き》の御《み》読経《どきょう》（時節の仏事）がおこなわれました。その華麗さは、いずれも王朝絵巻さながらのものでした。

原文を味わおう

年月をまつにひかれて経《ふ》る人に
けふ鶯《うぐひす》の初音きかせよ
——音せぬ里の

文意

長い年月、会える日を待つ私に、今日はせめて鶯の声を聞かせてほしい——おとずれのない里から

明石の君は六条院に移り住んでも、わが子に会うことはできません。正月、姫君に五葉松の細工物にこの歌を添えて届けました。

源氏は姫君に、直接返事を書くようにと言い、筆や硯《すずり》などを用意した

こんなにかわいらしく成長しているのも見ることもできず……

鳥と蝶に扮した童女八人ずつ。紫の上からは「花園に舞う胡蝶を、下草にかくれて秋を待つ虫たちは、なんとも思いませんか」の意の返歌が添えられてあった
まあ…… これはまた なんて みごとな 趣向
花園の胡蝶《こちょう》をさへや 下草に 秋まつ虫は うとく見るらん

紫の上と秋好中宮の交流

紫の上が春の船楽を開催

春の町と秋の町は池でつながっています。紫の上は船楽を催しました。竜頭鷁首《りょうとうげきしゅ》（一艘《そう》は船首が竜、一艘は鷁。その二艘の船）の船を池に浮かべ、音楽を演奏。秋好中宮の女房たちを船に乗せて春の町に招きます。花が舞い落ちるなか、集まった人々が歌を詠み、その様子はまるで極楽浄土のようでした。

↔

秋好中宮が季の御読経をおこなう

船楽に参集した人々は、次に秋好中宮のおこなう御読経に向かいました。そこへ紫の上から花が届きます。船にのって運んできたのは、美しい装束の童女たち。その趣向にみな感嘆するばかりでした。

知識

四季それぞれの六条院

六条院は四つの町に分かれ、四季それぞれの情趣が最大限に盛られた、豪壮な邸宅です。「薄雲」巻で、源氏が斎宮女御を相手にその構想を語っていましたが、普通の邸《やしき》の四倍はある規模です。

春の町には源氏と紫の上がいっしょに住みます。秋の町には秋好中宮（もとの斎宮女御）が、夏の町には花散里が、そして冬の町には、明石の君がそれぞれ移り住むことになりました。

北東《うしとら》の町
（花散里《はなちるさと》・夕霧《ゆうぎり》）
夏
南東《たつみ》の町
（源氏《げんじ》・紫《むらさき》の上《うえ》・明石《あかし》の姫君《ひめぎみ》）
春

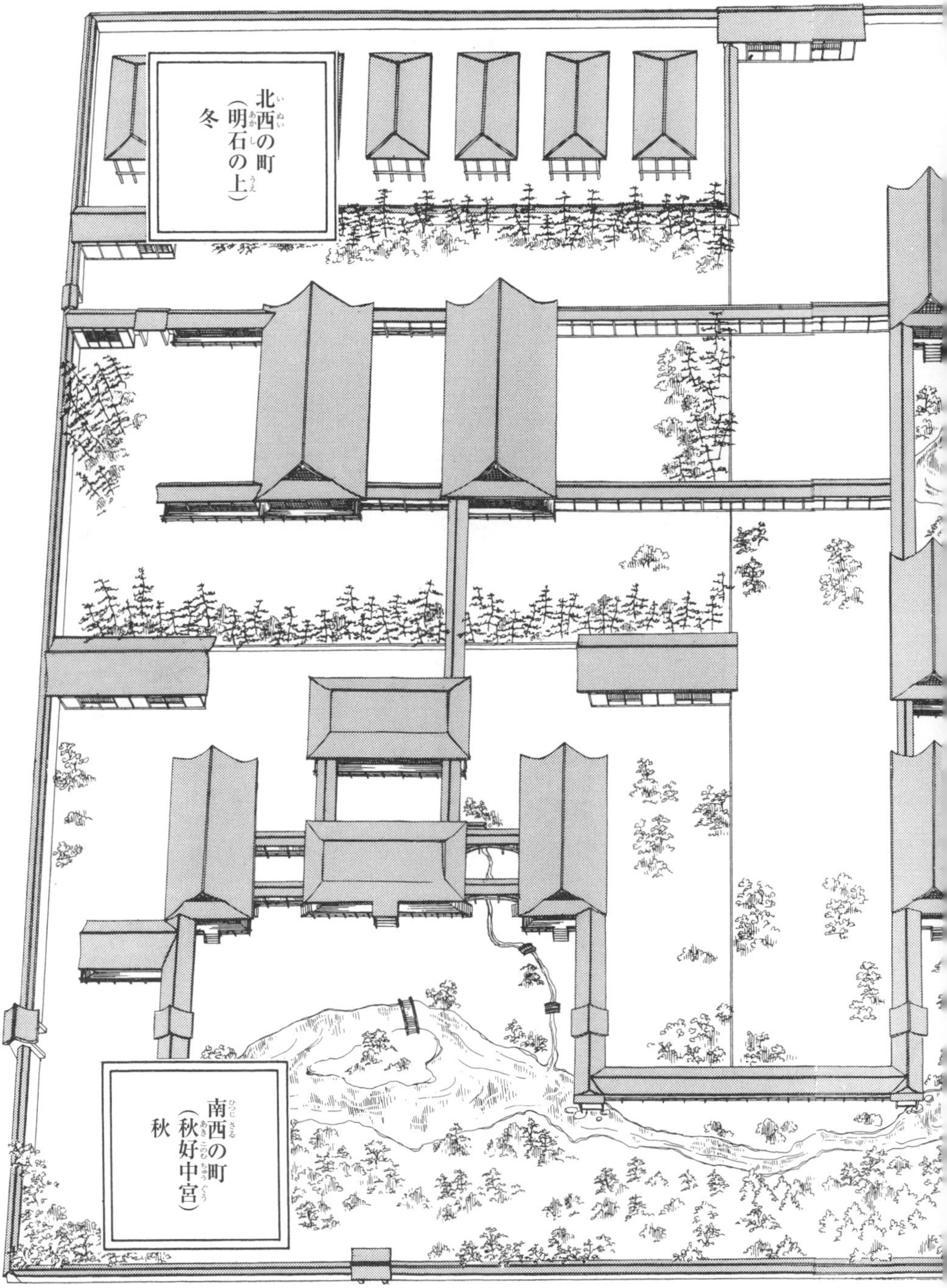
北西《いぬい》の町
（明石《あかし》の上《うえ》）
冬
南西《ひつじさる》の町
（秋好《あきこのむ》中宮《ちゅうぐう》）
秋

親子の愛と男女の愛 玉鬘たちの六条院

●玉鬘《たまかずら》、右近《うこん》と再会

六条院が完成してまもないころ、思いもかけず、亡き夕顔の遺児の玉鬘が、その六条院に迎えられることになりました。

夕顔と頭中将（現在の内大臣）との間に生まれた玉鬘は、母夕顔の死後、四歳ごろ乳母《めのと》一家にともなわれて筑紫《つくし》地方（北九州）に下り、苦労の末、二十歳になった今、ようやく上京してきたのです。しかし、頼りになる身よりとてありません。

初瀬《はつせ》の観音の霊験にすがって長谷寺に参詣したとき、偶然にも椿市《つばいち》の宿で、亡き夕顔の女房だった右近にめぐり会います。

右近は、今は源氏に仕える身。この感動的な再会を源氏に話しました。もともと源氏は急死した夕顔を忘れかね、せめてその遺児になりと会いたいものと願っていただけに、右近の報告を、心から喜ばずにはいられません。

源氏は玉鬘を、実父内大臣に不問のまま、わが姫君として六条院に

さすらう玉鬘の安住の地は

玉鬘は母親が亡くなったことを知らぬまま筑紫地方に移住し、転々としました。ある大豪族の強引な求婚から逃れ、あてのないまま都にのぼります。そこで偶然右近（夕顔の侍女）に会い、源氏の邸《やしき》に住むようになりますが、実の父親にはまだ会えません。多くの求婚者が現れ、玉鬘はまた悩み多き日々を送ることになるのです。

玉鬘の巻から真木柱の巻までを玉鬘十帖とよんでいます。一貫した物語とみられます。

百花の王……
いいえ
牡丹《ぼたん》よりも
美しいのは
姫君……
亡きお方さまに
よく似ていられて
品もおありに
なるし……
源氏の君の
紫《むらさき》の上《うえ》さまにも
見劣りしないくらい……

百花の王、牡丹で有名な長谷寺で、観音様の霊験によってか、玉鬘は右近と再会した

親友で好敵手 頭中将

頭中将は左大臣家の長男で葵の兄弟、すでに帚木の巻には登場し、源氏と女性談義をかわすほどの親友です。

源氏が須磨に流されたときには、多くの人がかかわりを避けるなか、都から会いにくるという熱い友情の持ち主です。

明るい人柄で、家柄もよく教養もあり、順調に出世します。頭中将とよぶほうがおそらく一般的にはなじみがあるでしょう。

源氏とは恋の好敵手でもあります。夕顔の悲話だけでなく、末摘花や源典侍をめぐって恋のさや当てを演じたりするのです。

頭中将、権中納言、内大臣、太政大臣と呼び名が変わる

迎え、夏の町に住まわせるべく、花散里にその世話を依頼します。

●六条院の花形となる玉鬘

玉鬘は鄙《ひな》で育ったにもかかわらず、聡明で教養も高く、しかも女盛りの美貌。源氏は、彼女を六条院の花形的な存在にして、六条院に出入りする世の好色者《すきもの》たちの心を惑わせてみよう、とさえ思います。それは、六条院の繁栄のにぎわいを演出するためでもあります。

初夏のころには、この玉鬘のもとに、多くの恋文が寄せられるようになっていました。まさに期待どおり、と源氏は満足。玉鬘に、求婚者たちの人物評をしたり、恋文の扱い方を教えたりします。源氏自身も彼女への思慕の情をつのらせ、恋の歌を詠みかけたりしますが、当の玉鬘は困惑するばかりです。

●玉鬘の美貌に驚く蛍兵部卿宮《ほたるひょうぶきょうのみや》

玉鬘は、彼女に言い寄る求婚者たちのなかでは、蛍兵部卿宮を憎からず思うようになっていました。宮は源氏の弟にあたり、当代一の風流人。その宮が六条院を訪れたとき、源氏は一計を案じます。薄暗い玉鬘の身辺に蛍を放ち、その光で彼女の姿を

蛍の灯は恋の情炎

蛍兵部卿宮がおとずれる前に、源氏は蛍を集めておき、隠しておいたそれを、さっと放ちます。この手のこんだ演出は、源氏の玉鬘への禁忌の思いの裏返しです。愛人の娘を愛するのは当時も禁忌でした。

蛍の灯は人間の意思を超えた不思議さを感じさせます。恋の炎もまた、自分では消すことができない情念の炎。その思いは蛍兵部卿宮も同じでした。

玉鬘は驚き、
扇で顔を隠した

照らしてみせたのです。宮は玉鬘の美しさに驚き、ますます恋心をつのらせていくのでした。

源氏は、このような趣向を凝らして、懸想《けそう》する人たちの心を観察しようとします。

それというのも、彼女に恋してはならぬと思いながらも執心せざるをえないという、屈曲した気持ちから出る行為なのでしょう。

●内大臣の娘、近江の君

夏のある暑い日のこと。源氏は六条院の釣殿《つりどの》で涼をとりながら、訪れた人々を相手に、近ごろ内大臣が引き取ったという、落としだねの娘、近江《おうみ》の君の風変わりな人柄を話題にしては皮肉ったりしています。じつは、近江の君にはあまりに非常識なふるまいが多く、父である内大臣も手を焼いていたのです。

内大臣は、娘の雲居雁をみるにつけ、内心、夕霧との結婚を認めようかとも思うのですが、源氏のほうから折れて懇願してこないのなら、と意地をはるばかりです。

●夕霧が紫の上をかいま見る

仲秋の八月、例年にない激しい野分（台風）が襲来します。夕霧が見舞に六条院の町を訪れると、嵐のさわがしさに、はからずも紫の上の姿をかいま見してしまいました。その美しさは霞《かすみ》の間に咲きほこる樺桜《かばざくら》のようだ、と魂を抜かれた思いになるのでした。

翌朝、再び六条院を訪れた夕霧は、源氏とともに多くの女君たちを見舞い、邸内をめぐります。夏の町の玉鬘のもとでは、彼女にたわむれかかる父（源氏）の様子に驚きます。また、その玉鬘の美しさは、露をおいた八重山吹《やえやまぶき》を思わせます。

このように、激しい野分を夕霧が見舞うという設定は、彼の目と心を通じて、六条院の深奥、源氏と女君たちそれぞれのかかわりようが、のぞき見られる趣になっています。

夕霧の心の象徴、野分

野分とは、仲秋《ちゅうしゅう》八月にやってくる台風のこと。源氏三十六歳の年は、夏の暑さも例年以上にひどく、そうした年は台風もいちだんと激しいようです。「野分例の年よりもおどろおどろしく、空の色変りて吹き出づ」と語られます。

夕霧は六条院の女君たちの様子を見て歩き、そこで紫の上をかいま見てしまいます。屏風《びょうぶ》が片付けられ、廂《ひさし》に立っていた姿が顕《あらわ》になっていたのです。

はじめて見た義母の美しさへの感動、見せまいとしていた父への恐懼《きょうく》で、夕霧の心は千々《ちぢ》に乱れます。吹き荒れる風、空もよう、吹き入る雨、倒れた庭木など、激しい野分の様子が語られますが、それは夕霧の落ち着かない心を表してもいるのです。

……あのかただ……
あれが……
紫《むらさき》の上《うえ》さま……！

四人の女君(3)・紫の上

この紅梅《こうばい》を織りだした葡萄染《えびぞめ》（赤紫色）の小袿《こうちき》に
紅梅色《こうばいいろ》（濃いピンク）の表着《うわぎ》を重《かさ》ね
いかにも現代風でしゃれていてあなたにはお似あいだ

六条院の女主人《おんなあるじ》

源氏は私邸六条院を築き、明石の君や花散里など、ほかの妻や子どもたちを住まわせました。紫の上は、源氏とともに春の町と称する一角に住まい、ほかの妻たちとも融和を保ちながら、六条院の女主人となります。

光源氏の最愛の女君

紫の上は、式部卿宮の外腹《ほかばら》の娘で、藤壺の姪《めい》にあたります。母と死別し、祖母の北山の尼君に育てられていたところを、偶然、源氏がかいま見た、それが二人の出会いです。

源氏は、藤壺に似ているこの少女に執着し、尼君の死後、私邸に迎えます。少女は父の正妻からうとまれる薄幸の身の上から一転、人もうらやむ「幸い人」となるのでした。

紫の上は、源氏自ら理想の女君として育てあげ、成長してからは事実上の正妻として、もっとも愛されます。源氏の信頼もあつく、彼が須磨に流離したときには留守を守り、のちに源氏と明石の君との間に生まれた姫君の養育にあたります。

人生とは
かくも
頼りないものか
なにを必死で
守ろうとして
きたのか……
たしかなものなど
なにひとつ
ないというのに……

あふれるほどの愛と耐えがたい孤愁と

紫の上は、源氏の最愛の人となり、とくに藤壺亡き後は絶対的な存在となります。しかし、実情は源氏の浮気に悩まされ、嫉妬《しっと》心を抱くものの、平静を装うことで自分を支えてきました。明石の君に対しても、その姫君を養育することによって、嫉妬心を乗り越えていきます。

ところが、そんな紫の上の存在を揺るがす出来事が起こります。朱雀院の娘、女三の宮の降嫁《こうか》です。

長年、源氏に愛された自負も、帝の皇女という身分にはかなわず、正妻の座を明け渡した紫の上は、自分のたよりない運命を嘆きます。そして、自分の苦悩を、源氏にはもちろん、仕えている女房にさえ見せまいとし、ますます孤愁を深くしていきます。

出家願望

紫の上は、低い身分の母から生まれたため結局、正妻にはなれず、また、源氏の子を産めなかった運命を頼りなく思います。しだいに寂寥感をつのらせ、出家を望むものの、源氏に許されないまま、四十三歳で他界します。

だれしもが意表をつかれた 玉鬘の結婚

大原野への行幸は鷹《たか》狩りのため。冷泉帝の端然とした姿は比類なく美しい

●玉鬘出仕の準備

源氏は、養女の玉鬘に恋慕せざるをえない、その苦しみを解消させるためにも、彼女を尚《ないし》侍《のかみ》（最高位の女官で、帝に近侍《きんじ》）として宮中に出仕させようと考え始めます。

そのために源氏は、冬十二月の大原野《おおはらの》（京の西郊）への行幸《ぎょうこう》に、玉鬘を同行させます。彼女が帝の威厳さに関心をもつよう仕向けたのです。源氏の思惑どおり、彼女は遠目にも帝の美麗

揺れ動く玉鬘の心

「藤袴」巻は玉鬘の胸の内の言葉から始まります。

行幸のおりに見た帝の美しさは格別で、尚侍として出仕することに心が動きます。しかし、すでに入内《じゅだい》している秋好中宮は源氏の養女、弘徽殿女御は内大臣の娘、いわば縁のある人と、帝の寵愛《ちょうあい》をめぐって不穏な対立を招きかねないという不安があるのです。

もしも出仕せずに六条院にとどまっていたら、源氏の情に負けてしまうのではないか、という危惧もあります。

こうした悩みは、反面、世の中を見据える目をもっている思慮深さということでもあります。玉鬘はのちに鬚黒との間に子もでき、安定した暮らしをすることになります。

さに目を見張ります。

源氏は、玉鬘の出仕を実現するために、女子の成人式ともいうべき裳着《もぎ》の儀をおこなうことを計画します。その儀の重要な腰結役《こしゆいやく》を内大臣に依頼して、そこではじめてじつは父娘の関係であることをも明らかにしようと考えたのです。

ところが内大臣はすぐに承諾してくれません。しかし、内大臣の母の大宮《おおみや》の仲介があって、源氏と内大臣が久方ぶりに対面します。

親しく語るうちに年来のわだかまりも解け、内大臣は、往時の親交を言う源氏の言葉に共感を禁じ得ません。源氏はその機をとらえて、はじめて玉鬘の真相をつげます。内大臣は、源氏への非難どころか、逆に玉鬘を後援してくれたことに謝意を述べるほかありません。もちろん腰結役をも快諾しました。

二月、裳着の儀が盛大に催されました。それにしても内大臣は、源氏にしてやられた思いです。

●玉鬘が鬚黒《ひげぐろ》にうばわれる

玉鬘の真相が知れわたり、その尚侍としての出仕は十月と決められました。これまで求婚してきた男たちは失望しつつも、恋文を送りますが、玉鬘が返事をしたのは、蛍兵部卿宮だけでした。

ところが、ここで意外な事態が起こります。鬚黒という人物が強引に近づいて、玉鬘をわがものにしてしまったのです。源氏も驚くほかありません。

鬚黒には北の方がいましたが、その北の方は、物の怪《け》にとりつかれ、心身ともに病みつかれていました。鬚黒は、玉鬘を自邸に迎えようと準備を始めますが、北の方は心おだやかではいられません。

ある雪の夜、北の方は錯乱してしまいます。玉鬘のもとに出掛けようとする鬚黒に、衣に香をたきしめる火取《ひとり》の灰を突然浴びせかけてしまったのです。恐れをなした鬚黒は、北の方から離れ、玉鬘のもとにこもってしまいました。

●鬚黒の娘も邸を去る

北の方の父である式部卿宮は、鬚黒の行状を聞き及び、娘の北の方を引き取ろうと考えます。北の方自身も、これまでの夫婦仲を断念し、子どもたちを連れて邸を去ることにしました。

娘は父親との別れが悲しく、そのつらさを歌に詠みます。雪

鬚黒の家庭と真木柱の姫君のその後

気の病《やまい》にかかりがちな母と、家庭を顧みず外の愛人に夢中になっている父。ついに母は子どもを連れて実家に戻ることになりました。

しかし娘は、父になにも言わずに家を出ることができません。もう一生会えないのかもしれない、今日は早く帰ってくるかもしれない、と待っていますが、母親にせかされ、別れの歌を柱の割れ目にさしこむほかありません。

これを読んだ父は母の実家に行きますが、追い返されてしまいます。二人の息子が父のもとに戻され、一家は離散の憂き目を見るのです。

真木柱の姫君は、母の実家で暮らし、後年、蛍兵部卿宮と結婚しますが、幸せではなかったと物語ではいいます。

空の日暮れ、邸を立ち去ろうというとき、娘は歌をしたためた紙を柱のすきまにさしこみました。以来、娘は真木柱《まきばしら》とよばれるようになります。こうして、鬚黒と玉鬘の結婚は、家庭内の悲喜こもごもの紛糾をもたらしたのです。

　この二人の結婚は、源氏には手中の玉を奪われた思いです。玉鬘を忘れかねる源氏は、春の長雨のころ、文を届けては、われながら扱いかねる多感なわが心を思ったりします。

わたしのこと忘れないでね
いつまでもおぼえていてね……

柱のすきまに文をさしこみ、母に連れられて、思い出の多い家を出ることになった。
日が暮れ、雪がふりそうなほど、空の暗い夜のことだった

史上に例なき位　六条院の極上の栄華

●明石の姫君の入内《じゅだい》

源氏の娘である明石の姫君が東宮《とうぐう》へ入内することが決まりました。これまでの源氏の長年の念願がかなうのです。

入内の日が近づき、六条院では裳着《もぎ》と入内の準備に余念がありません。源氏は薫物《たきもの》の調合を女君に依頼し、蛍兵部卿宮のもとで、薫物合《たきものあわせ》が試みられます。また、姫君のために名筆の草子類も多く集められ、源氏が仮名や筆跡を批評したりします。

六条院のこうした華やぎを見聞きするにつけ、内大臣は、娘の雲居雁の処遇を真剣に考えます。いまさらこちらから申し出るのも体裁が悪いとも悩みますが、夕霧の縁談を耳にし、気持ちは焦るばかりです。

晩春の三月、内大臣は、大宮（内大臣の母）の三回忌の折、夕霧と雲居雁の結婚を許したのです。二人は七年にもわたる恋をついに実らせ、めでたく結ばれました。

知識

仮名が生まれた時代

「梅枝」では、入内する明石の姫君にもたせる道具類を選びながら、紫の上に源氏が学芸観を語ります。

昔に比べて今（平安時代）はすぐれたものが少なくなっているが、例外的に仮名は、みごとなものになったと言います。当時は三蹟《さんせき》とたたえられた名手が出た時代ですから、そうした歴史的な背景が影響しているのでしょう。

ちなみに、仮名の三蹟は、小野道風《とうふう》、藤原佐理《すけまさ》、藤原行成《ゆきなり》です。

明石の姫君の入内に先だち、裳着の儀が六条院でおこなわれた。腰結役は秋好中宮につとめてもらった

個性が現れる薫物合

源氏は女君たちに薫物の調合を依頼しました。薫物合の判定は当代一の風流人、蛍兵部卿宮がつとめます。宮は批評を加えますが、どれも優劣をつけがたいものばかりでした。

紫の上
華やかで今風のうえ、工夫されていてめずらしい香り

源氏
とても優雅でやさしい香り

朝顔の姫君
奥ゆかしくしっとりとした匂いは格別

明石の君
朱雀院の調合法に工夫を加え、またとなく優艶な香り

花散里
しんみりとして胸にしみるようななつかしい香り

●栄華をきわめる源氏

四月下旬、ついに明石の姫君が東宮のもとに入内します。彼女の養母役である紫の上は、実母の明石の君の心を察して、あらためて彼女を姫君の世話役に推挙しました。

明石の君はようやく娘と再会することができたのです。紫の上と明石の君もはじめて対面し、たがいに相手のすぐれた人柄を認めあうのでした。

秋、源氏は史上類例のない准太上天皇《じゅんだいじょうてんのう》の地位につきます。これは天皇に準ずる位です。冷泉帝はかねてから実父を皇籍にと念じていたのですが、そのひそかな願いが実現したことになります。これによって源氏は、最大の繁栄の頂点にのぼりつめたのです。

十月下旬、紅葉の美しい時節、源氏の六条院には冷泉帝の行幸《ぎょうこう》と朱雀院の御幸《ごこう》がいっしょにありました。その場にいあわせた人々は、昔の桐壺院のすぐれた時代を回想しては、感慨にふけったのです。

輝きを増し続ける光源氏の半生

光源氏は皇子でありながら後見《うしろみ》役がいないという、孤児同然の身の上から出発しました。その後、十七歳で近衛中将、さらに大将と進み、流離の憂き目にあいながらも復活して、権大納言、内大臣、太政大臣と進みます。

「藤裏葉」に至って、史上に例をみない准太上天皇という位になりました。

太上天皇に准じるのは皇統に列なるということ。いったん臣籍に下った者がこうなることは現実にはありえませんが、それは物語のこと。

権勢と権威を掌握し、そのうえ美しく教養をもちあわせているのですから、この世の者とも思えない存在です。『源氏物語』は、ここで源氏を頂点にのぼらせ、第一部の終了となります。

第二部

宿世《すくせ》の翳《かげ》りをみる光源氏の円熟期

若菜上　柏木　鈴虫　御法

若菜下　横笛　夕霧　幻

若菜上《わかなじょう》

六条院に波紋を広げる 女三の宮の降嫁

●朱雀院の出家

朱雀院は体調も思わしくなく、一日も早く出家しようと思っています。しかし、最愛の姫宮である女三《おんなさん》の宮《みや》の将来が不安で、容易に実行できません。彼はあれこれ苦慮をめぐらした結果、やはり源氏のもとに降嫁《こうか》させるのが最良の策と考えました。

この申し出に源氏は一度はしぶったのですが、出家まぢかな院のたっての願いであり、また女三の宮が亡き藤壺の姪《めい》である点からも、これを承諾してしまいます。

やがて源氏は四十歳になります。正月に、まずは鬚黒と玉鬘が源氏に若菜を献上して四十の賀を祝いました。以後、源氏のために多くの人々による賀宴が催されます。

●紫の上の苦悩

仲春二月、女三の宮がいよいよ六条院に降嫁してきました。紫の上は内心、苦悩をかかえこむことになります。彼女は六条

女君どうしのつながりができてくる

これまでは光源氏を中心に、放射状に女君《おんなぎみ》たちがかかわっていました。六条院に住む人々も、たがいに行き来することはありませんでした（紫の上と秋好中宮は別ですが）。

第二部では、源氏を中心としながらも、女君どうしの交渉もでていきます。紫の上と明石の君が、積年の思いを胸に対面したり、紫の上と女三の宮とのかかわりなど、人間関係の相対的な世界がつくりあげられていくのです。

……では
やはり……
三《さん》の宮《みや》は
……
藤壺《ふじつぼ》の
宮《みや》の
血縁
なのだ……
……きっと
三《さん》の宮《みや》
さまも……
あのかたの
面《おも》ざしを伝える
姫君
なのだろうか……

ふとした心の迷いから、正妻を迎えることを承諾してしまう

藤壺と女三の宮の関係

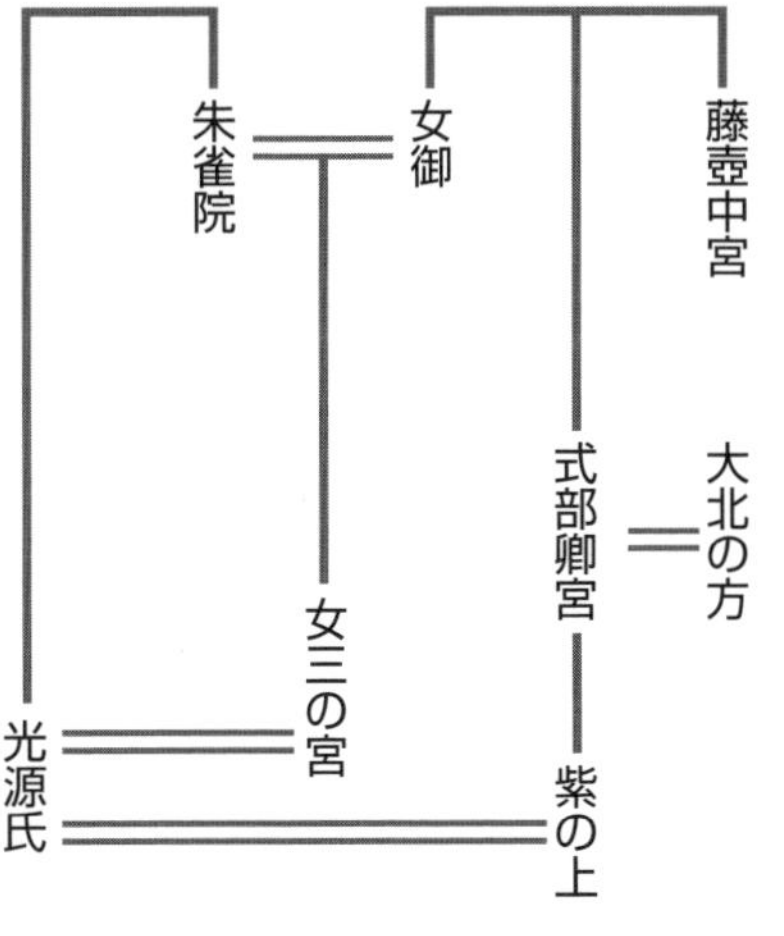
藤壺中宮
女御
朱雀院
大北の方
式部卿宮
女三の宮
光源氏
紫の上

光源氏には正妻がいなかった

かつて葵の上が正妻でしたが、亡くなった後には正式に妻を迎えていません。朝顔の姫君をという話もあったのですが、立ち消えになっています。

光源氏にとって最愛の女君、紫の上はいわば内縁の妻なのです。

院を代表する女君《おんなぎみ》のように遇されてきただけに、このたびのことはたいへんな衝撃だったからです。

しかし彼女は、源氏自身が断《ことわ》れない事態だったのだからとして、冷静にしていようと努めます。

彼女は冷静にも、そこから新しい生き方を編み出していきます。他人から同情されるのはかえってみじめだと、いたたまれない胸の内を表には出さないようにします。心は心、態度は態度と割り切って、源氏の婚儀の際にも細かな心くばりをし、協力的な態度をとったのでした。

源氏は、藤壺の姪だと少々の期待があったものの、女三の宮の幼さに失望します。逆に、紫の上のすばらしさがあらためて確認されてくるのですが、二人の間には深い心の溝ができてしまっています。

紫の上と女三の宮の板挟みになった源氏は、宮中から退出していた朧月夜《おぼろづきよ》に再会します。これについて紫の上に言い訳をしてみても、むなしいばかりです。

こうして紫の上も源氏も、それぞれ孤立した心をかかえこんで、新しい人生を歩み出していくのです。

紫の上の苦しい胸の内

自分を憎む式部卿宮の大北の方の呪詛《じゅそ》どおりになるのは、あまりにみじめではないか

降嫁の件は天から降ってきたようなもの、源氏でさえ逃れられないのだ

当人どうしの恋心から出たものではない

世間に知られ物笑いの種になるまい

だれにも苦しみを見透かされまい

上品におうように振る舞おう

↓

心と態度は別のものだという生き方を選ぶ

……こんな……ことが……
すっかり安心していたいまになって……
こんなことがおきようとは……

女三の宮への嫉妬《しっと》などではない。しかし、紫の上の心の中で、なにかが壊れてしまった

紫の上は、このようなことになり世の人々がどのように噂するだろうかと思い、あらためてわが身の位境のはかなさと宿縁のつたなさを、かみしめるばかりだった

若菜上《わかなじょう》、若菜下《わかなげ》

長年の宿願がかなった 明石一族の再興

●明石の姫君が皇子を出産

東宮《とうぐう》のもとに女御《にょうご》として入内《じゅだい》した明石の姫君は、懐妊のために六条院に退下しています。

源氏四十一歳の三月、その女御がめでたく第一皇子を出産しました。実母である明石の君もたいそう喜びますが、わが身のほどをわきまえて、もっぱら雑事を引き受けます。そのように謙虚さを貫こうとする態度は、身分の低さを痛感してきた者の、生きのびるための知恵ともいえるでしょう。

●明石の入道の宿願が明らかに

この慶事は、明石の地にとどまっている入道にも知らされました。年来の宿願の結実だと喜ぶ彼は、長年にわたる宿願の次第を記した手紙を届けてきます。そこに一族再興の夢を娘にかけてきた真意があかされます。その後、入道は山奥に入り消息を絶ってしまうのです。入道の手紙に接した明石の君も尼君も、

明石の入道の途方もない宿願

明石の入道は娘が誕生したとき、予兆ともいえる夢をみました。

その夢とは、入道が須弥山《しゅみせん》を右手にささげ、その山の左右からは月と太陽の光がさしでて、世の中を照らしているというもの。須弥山は世界の中心となる山、右手にささげるのは娘が生まれるという意味、月は皇后、太陽は帝だと解釈されます。

皇子の誕生は、明石一族の再興を意味するとともに、六条院の久しい繁栄をも意味するといえるでしょう。

奇《く》しき宿縁を思い悲喜こもごもの思いです。

源氏も同じような気持ちですが、さらに、明石の女御の養育に功のあった紫の上をも称揚し、明石の人々が慢心をいだかぬよう諫《いさ》めます。明石の君は、その源氏の言葉に、忍従の日々を生きてきた自分を誇らしくさえ思うのです。

四年ほどの歳月が過ぎました。冷泉帝が退位し、それまでの東宮が即位して今上帝《きんじょうてい》となります。そして新たな東宮には、明石の女御が産んだ第一皇子が立ったのです。

たいそうなお行列じゃのう
源氏《げんじ》の院《いん》の御物詣《おんものもう》でじゃ

初冬十月、源氏は住吉神社に参詣した。紫の上、明石の女御、明石の君らを伴い、盛大な装いだった。

御代替《みよが》わりにともない、源氏につながる皇子が東宮になれたのも、もとは入道の多年にわたる住吉信仰のおかげだと思い、その願解《がんほどき》のための参詣だった

夜の闇《やみ》に迷っているわたしには夢もまこともわかりかねます
とてもお話し相手にはなれませんわ

四人の女君(4)・明石の君

宿縁で結ばれた二人

父入道は、娘が将来産む娘が、皇后となり、国《こく》母《も》となる、という夢を見ます。その夢のとおり、源氏と明石の君は結ばれ、姫君をもうけます。

せつない憧《あこが》れと自己抑制

明石の君は、もとの播磨《はりま》の受領《ずりょう》であった明石の入道の娘。娘に夢を託した父入道によって、強引に源氏と結婚させられました。

明石の君はたいそう美しく、歌や琴など高貴な人と同等の教養を備えていました。源氏は、当代一の教養人である六条御息所にも似通う風情があるとして、彼女に惹《ひ》かれていきます。明石の君も源氏を理想の人としてせつない憧れをいだきますが、違いすぎる身のほどを意識し、きびしく自制します。

それでも源氏からの熱心な働きかけによって、二人は結ばれ、明石の君は身ごもります。その喜びのなかで、源氏は罪を許されて帰京することになるのです。残された明石は姫君を出産します。

六条院の冬の住人

源氏の自邸六条院が完成すると、明石の君は冬の町とよばれる一角に移り住みます。春の町には、紫の上とともにわが娘がいますが、許されるまで一度も会わず、忍従の日々を過ごします。

明石《あかし》の君《きみ》には唐風《からふう》の織りの白がいいな
それに濃《こ》い紫の襲《かさね》……
あの人なら着こなせるだろう

忍従の日々の末に落ち着いた幸せを

源氏から上京をすすめられ、ためらう明石の君でしたが、父入道の後押しによって、幼い姫君と母尼君とともに上京。嵯峨の山荘に移り住みました。

しかし、上京してまもなく、姫君を紫の上のもとで貴婦人として育てたいという源氏の意向から、彼女は、三歳のわが子を泣く泣く手放《てばな》します。これもわが子のためと思い、姫君が東宮《とうぐう》に女御《にょうご》として入内するまでの七年間、一度も会うことなく、忍従の日々を過ごします。その女御が若宮を出産するときにも、自分は陰の存在に徹し、一貫して養母である紫の上をたてています。

また、ほかの妻たちのように源氏の態度に一喜一憂することなく生きられたのも、身分の違いを意識すればこそ。その忍従によって、娘が国母となるという、身に余る幸運をつかんだのでした。

孤立し憂慮を深める 紫の上の発病

●六条院の女楽《おんながく》

紫の上は、女三の宮、明石の君にくらべて、自分がいかに不安定な立場なのかを思い、出家しようと考えています。しかし源氏は、彼女への執着の強さから、けっしてこれを許そうとはしません。

源氏四十七歳の早春の宵。彼は六条院の女君たちを集めて女楽を催しました。女君たちの際立った個性は、六条院にとってかけがえのない存在という印象です。とりわけ紫の上の絶対的なすばらしさは、六条院の女主人《おんなあるじ》としてふさわしいものでした。源氏もそれに満足し、絶賛してやまないのですが、紫の上じしんからすれば、その孤独な心は癒《いや》しがたくなっていました。

女楽の直後、源氏は紫の上を相手に、これまでの自分の人生を語っています。栄耀《えいよう》栄華という点でも、苦悩憂愁という点でも他人に抜きん出ている自分の人生は、特別の宿世《すくせ》によってい

光源氏が語る音楽談義

六条院で催された女楽の後、源氏は夕霧を相手に、当世の音楽について語ります。昔のように優れた演奏家が少なくなったと嘆き、とりわけ琴《きん》の伝統は廃《すた》れたとします。源氏じしんはこの琴の名手と評されています。

もともと源氏は、女三の宮を冷遇しているという噂が朱雀院の耳に入り、その汚名を返上すべく、女楽を催したのです。彼女の技の上達ぶりから、いかに厚遇しているかを、院に知らしめようというのです。

知識

女君たちの演奏する楽器

女楽では四人の女君たちが弦楽器を弾きました。紫の上は和《わ》琴《ごん》、女三の宮は琴《きん》、明石の女御は箏《そう》、明石の君は琵琶《びわ》を受け持ち、合奏します。

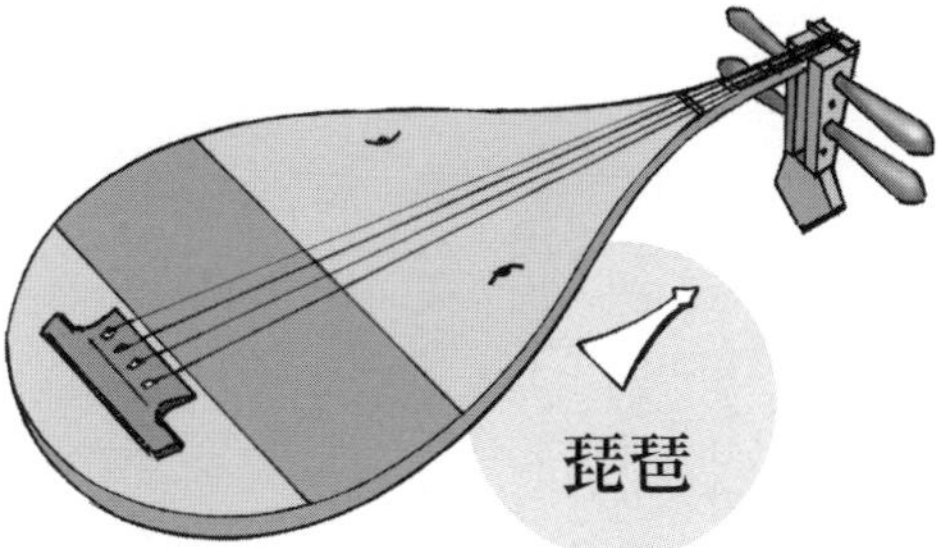

琵琶

姫君には難しい楽器で、むしろ女房や男性に名人がいるとされる。平安末期から特に盛んになり、流派も多くできた。譜だけあって弾き方がわからない秘曲もある

和琴

素朴で深みのある音。現在の琴ではない。雅楽《ががく》で演奏されることはなく、神社の御《み》神楽《かぐら》で演奏される程度。桐で造られ、琴柱には楓《かえで》の枝分かれした部分を使う

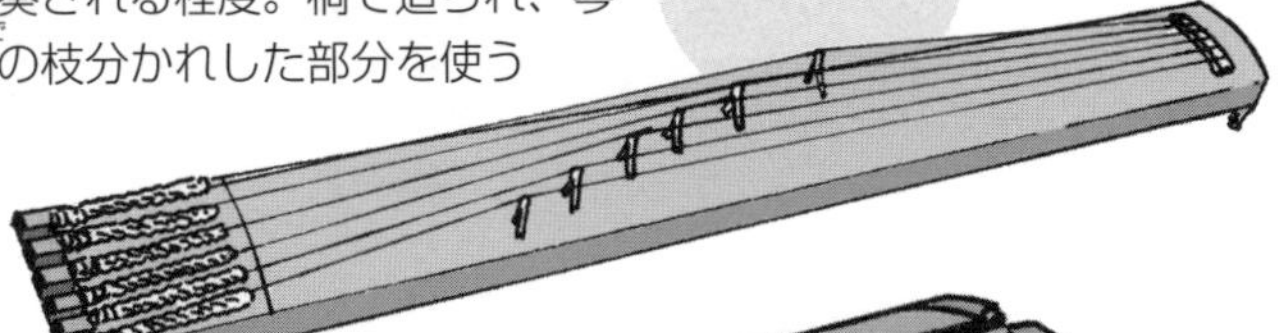

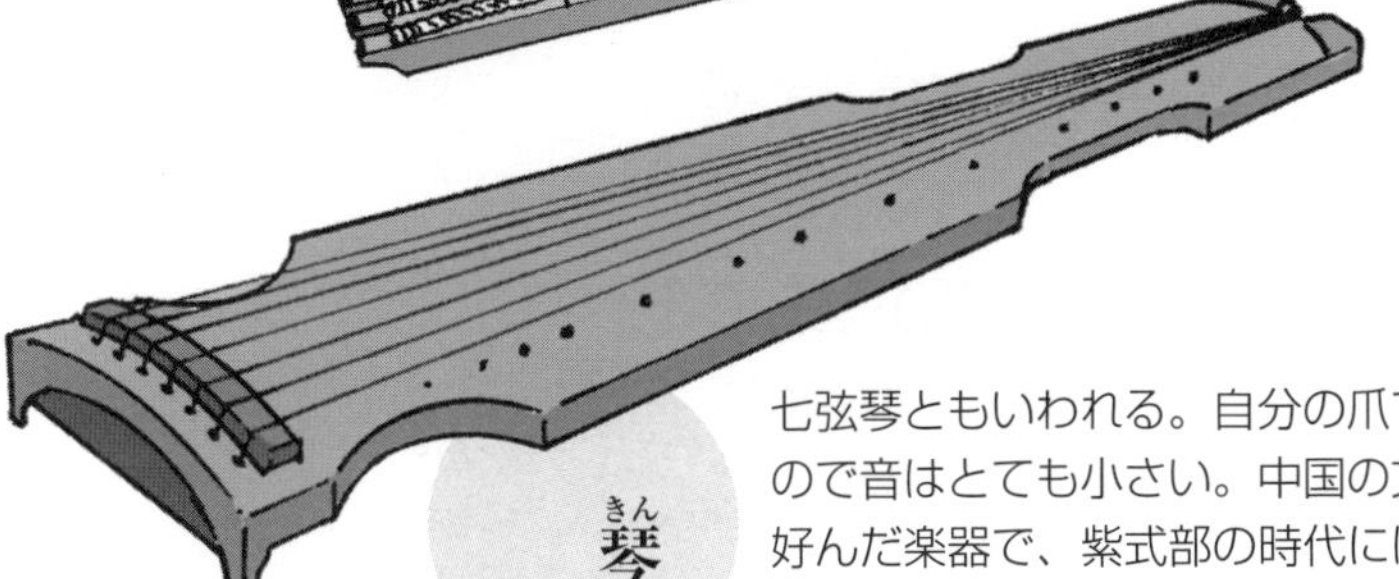

琴《きん》

七弦琴ともいわれる。自分の爪で弾くので音はとても小さい。中国の文人が好んだ楽器で、紫式部の時代にはすでに廃れていた。近年、世界無形文化遺産になり、再び注目される

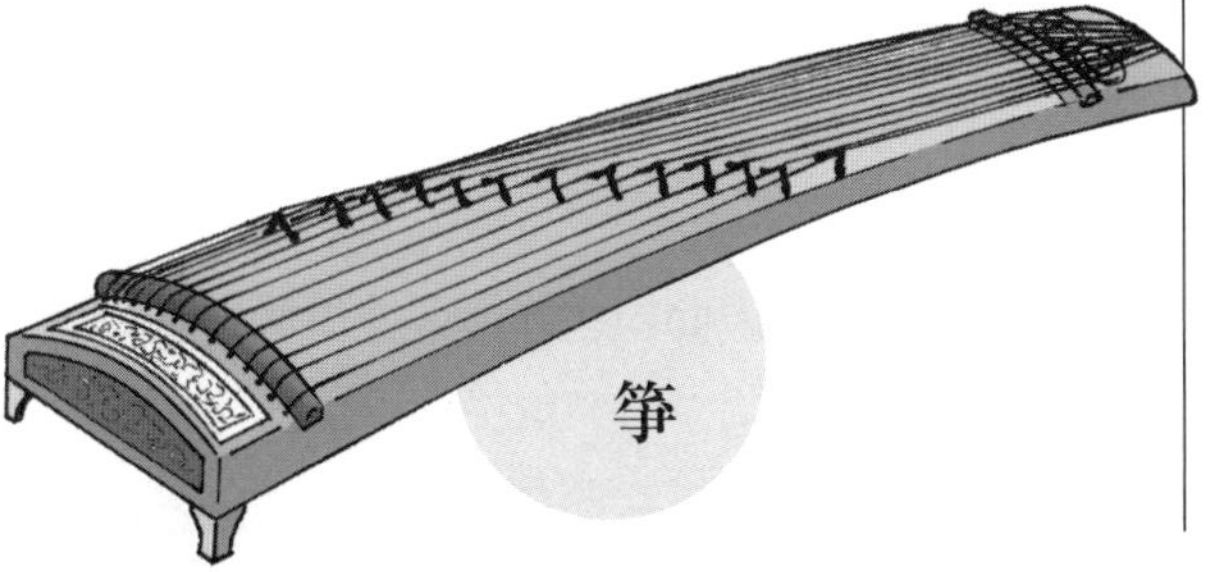

箏

現在の琴。姫君たちの嗜《たしな》みのひとつだった。現在とは演奏法が少々違う

るのだと述懐するのです。たしかに栄華という点はあきらかですが、憂愁という点は藤壺の宮との絶望的な恋の関係をさすのでしょうか。この複雑な内面の述懐は、彼の最晩年にも幾度となく繰り返されていきます。

●六条御息所の死霊

源氏との語らいの後、紫の上はにわかに病に倒れてしまいます。回復の兆《きざ》しもないまま、翌三月には二条院に移され、源氏もつきっきりで看病にあたるのです。

しかし病状はむしろ悪化していきます。ついに危篤に陥《おちい》ってしまいました。懸命の加持祈祷《かじきとう》でどうにか命をとどめることができたのですが、この祈祷で調伏《ちょうぶく》されて現れ出たのが、亡き六条御息所の死霊。業《ごう》の深さからいまだに成仏できずにいる御息所の物の怪《け》のすさまじさに、源氏は慄然《りつぜん》とします。そして人間の愛憐《あいれん》執着の深さ、ひいては人間関係そのものを厭《いと》わしく思うのでした。

源氏は、蘇生した紫の上の生命をいとしく思い、回復することを切実に願います。しかし、病状は一進一退を繰り返すばかりです。

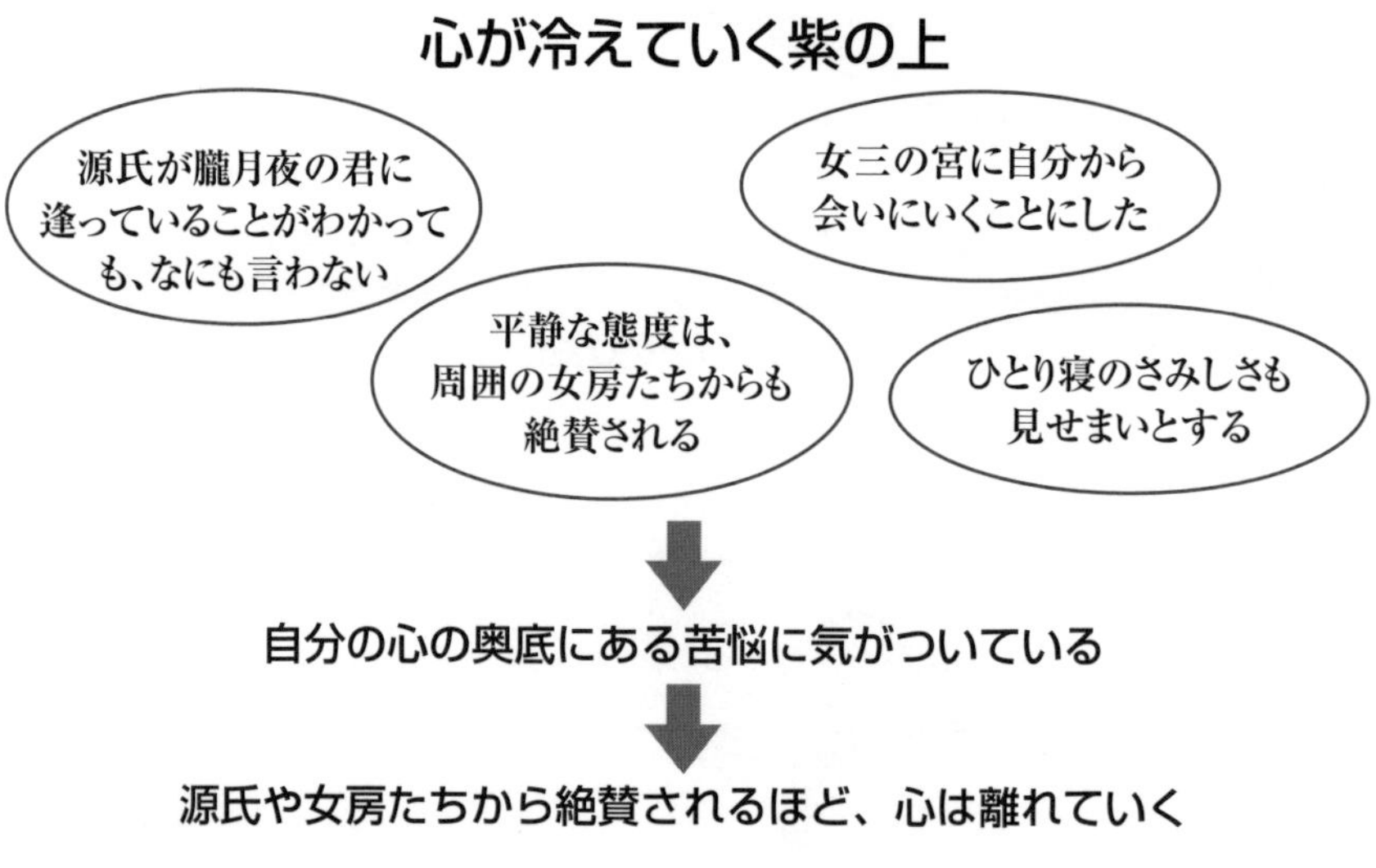
心が冷えていく紫の上
源氏が朧月夜の君に逢っていることがわかっても、なにも言わない
女三の宮に自分から会いにいくことにした
平静な態度は、周囲の女房たちからも絶賛される
ひとり寝のさみしさも見せまいとする
自分の心の奥底にある苦悩に気がついている
源氏や女房たちから絶賛されるほど、心は離れていく

物の怪は、源氏には神仏の御加護があつくて近づけない。紫の上に忍び寄ってきた

死霊となった六条御息所

紫の上にとりついた物の怪は、やはり六条御息所でした。彼女によれば、源氏が紫の上に自分を「つきあいにくく、気の許せない女《ひと》だった」と語っていたのが恨めしいと言います。

娘（秋好中宮）のことでは感謝しているし、紫の上を憎いと思うわけではないが、幽明《ゆうめい》の境をへだててしまうと、娘のことより自分の執念だけにとらわれ、この世をさまよっていると言う。すさまじい執着ぶりです。

生前は貴婦人として嗜《たしな》みもあった人でしたが、死霊となると、自分の妄念だけがこりかたまり、意思で自分を抑えることはどうにもできないのでしょう。源氏は、ただ戦慄するほかありません。

運命の出逢い 柏木と女三の宮の密通

●柏木《かしわぎ》が女三の宮をかいま見る

源氏四十一歳の三月、桜花の散る六条院で、蹴鞠《けまり》がおこなわれました。その折、太政大臣（もとの頭中将）の長男、柏木という青年が、寝殿の御簾《みす》のはずれに女三の宮が立っている姿をかいま見してしまったのです。女三の宮がかわいがっていた猫が、御簾から走り出た瞬時のことでした。

もともと柏木は、女三の宮の婿《むこ》候補の一人でした。いまは源氏の妻となった彼女を、いまだに諦めきれずにいた彼は、かいま見た女三の宮の姿に動揺してしまいます。そして小侍従《こじじゅう》という女三の宮づきの女房を介して、女三の宮に恋文を届けたのです。

柏木の女三の宮への思慕は、皇女を娶《めと》ることで大臣家の長男にふさわしい権勢を得たい、という願いから発していました。しかし歳月とともに、恋そのものの情念が膨《ふく》らんでいったので

柏木の恋と結婚

朱雀院が女三の宮の婿候補を探していたとき、柏木もその一人に挙げられていました。柏木もそれを望み、女三の宮への思いも膨らんでいました。ところが当時、柏木はまだ官位が低く、候補からはずされてしまったのです。

柏木は長い年月独身のまま、三の宮への情念を悶々とつのらせていたことになります。

彼が中納言に進んだとき、降嫁《こうか》の希望はかないますが、それは、思い焦がれていた三の宮でなく、姉の女二の宮。柏木はこの妻と共感できません。

御簾が乱れたとき、女三の宮は端近に立っていたため、夕霧と柏木に姿を見られてしまう

女三の宮への見方

一人の女君をどのように見るか、三者三様です。

源氏

年齢よりも幼く、あどけない
張り合いのない様子
紫の上はすばらしいと再認識

夕霧

さほど奥ゆかしい人と思えない
女房たちもしっかりしていない
端近《はしぢか》に立つなど思慮が足りない

柏木

やさしくてかわいらしい
物腰がやわらかく、
なよなよとして上品、
気高く可憐な感じ

す。蹴鞠の日のかいま見は、その情念をつのらせる重大な契機になってしまいました。

この柏木の苦しい恋物語は、次の「若菜下」につながっていきます。

●柏木の抑えがたい恋

その後、柏木は、朱雀院の女二の宮を娶ります。しかし、女三の宮への恋慕はおさまらないばかりか、かえって募るばかり。はじめてかいま見たときからほぼ六年後、紫の上の病気で人少なくなっていた六条院で不祥事が起こったのです。

柏木が小侍従を強引に促して、女三の宮の閨《ねや》に忍びこみ、ついに通じてしまったのでした。彼は抑えがたい情念につき動かされていました。しかし一方では、強大な権勢家光源氏の正妻を犯したという思いに、身がすくむばかりです。

●密通の露呈

源氏が、紫の上にとりつく御息所の物の怪に恐れをいだいていましたが、そのしばらく後、彼は偶然にも女三の宮のもとで柏木の恋文を見つけてしまいます。しかも女三の宮は懐妊《かいにん》していました。

ただとまどうばかりの女三の宮

柏木との意外な事態を、女三の宮は現実とも思えず、胸がふさがって正気をなくしそうでした。

以前御簾のうちに姿を見たことがあると彼から聞くと、後悔するばかり。柏木が「自分のことをあわれだと言ってほしい」と言うのも、脅されているようにさえ感じます。

源氏に合わせる顔がない、怒られるだろうと恐れ、自分の不注意から密通が露呈したときも、ただ泣くばかり。

小侍従が、なぜこのような手引きをしたのか。それは柏木に強く頼まれたためです。それというのも、小侍従の母が女三の宮の乳母《めのと》で、その姉が柏木の乳母だったという深い縁があり、断りきれなかったのでしょう。

「宮に逢わせてほしい」と柏木から何度も頼まれ、小侍従はついに折れてしまった
賀茂祭《かもまつり》の夜に……
女房たちも見物にでて人もすくなくなりましょうから……
……小侍従《こじじゅう》……！

事の真相を知った源氏には、怒りがこみあげますが、宿運のおそろしさをかみしめるほかありません。かつての藤壺とのあやまちをも回想していたのです。

柏木も、この秘事がついに源氏に露呈したことを知り、絶対者への背信から、わが身の破滅を思うのです。他方、女三の宮は、おそろしさに泣くばかり。源氏はその幼さを思い、これからどうするか悩みます。こうして、源氏、柏木、女三の宮それぞれが、三様の苦しみをいだいていくのです。

柏木は音楽に造詣《ぞうけい》が深いため、源氏に招かれて六条院を訪れます。その宴席で源氏の皮肉まじりの言葉を聞き、衝撃のあまり重病の床に臥《ふ》す身となってしまいます。

許されぬ恋に殉《じゅん》ずる 柏木の死とその後

●病床にある柏木

六条院で源氏の皮肉まじりの言葉を聞かされた柏木は、帰邸するなり病床の人になってしまいます。新年を迎えても、病状は回復の兆《きざ》しがありません。

柏木は、この先に自分を待つのは死だけだと思い、女三の宮との恋を自分の人生の証《あかし》として、死に身をまかせようと考えます。いまなら女三の宮も源氏も、この自分に同情を寄せてくれるだろう、とも思います。

その思いをつづった最後の文を女三の宮へ書き送ります。宮も小侍従に促されながら返事をしたためました。

●女三の宮の出産と出家

やがて女三の宮は男児を出産しました。柏木との不義の子、のちに薫《かおる》とよばれる人物です。もちろん世間からは、源氏晩年の子だと思われています。

柏木から女三の宮への最後の手紙

「私が危篤だとお聞きでしょうが、それをあなたは気にもとめてくださらない。仕方ありませんが情けない。

いまはとて燃えむ煙《けぶり》もむすぼほれ
絶えぬ思ひのなほや残らむ

私を葬る煙は空に昇らず、あなたへの思いはこの世に残ることでしょう。せめて『かわいそうに』とだけでもおっしゃってください。そのお言葉を煩《ぼん》悩《のう》の闇路の光にしたいのです」

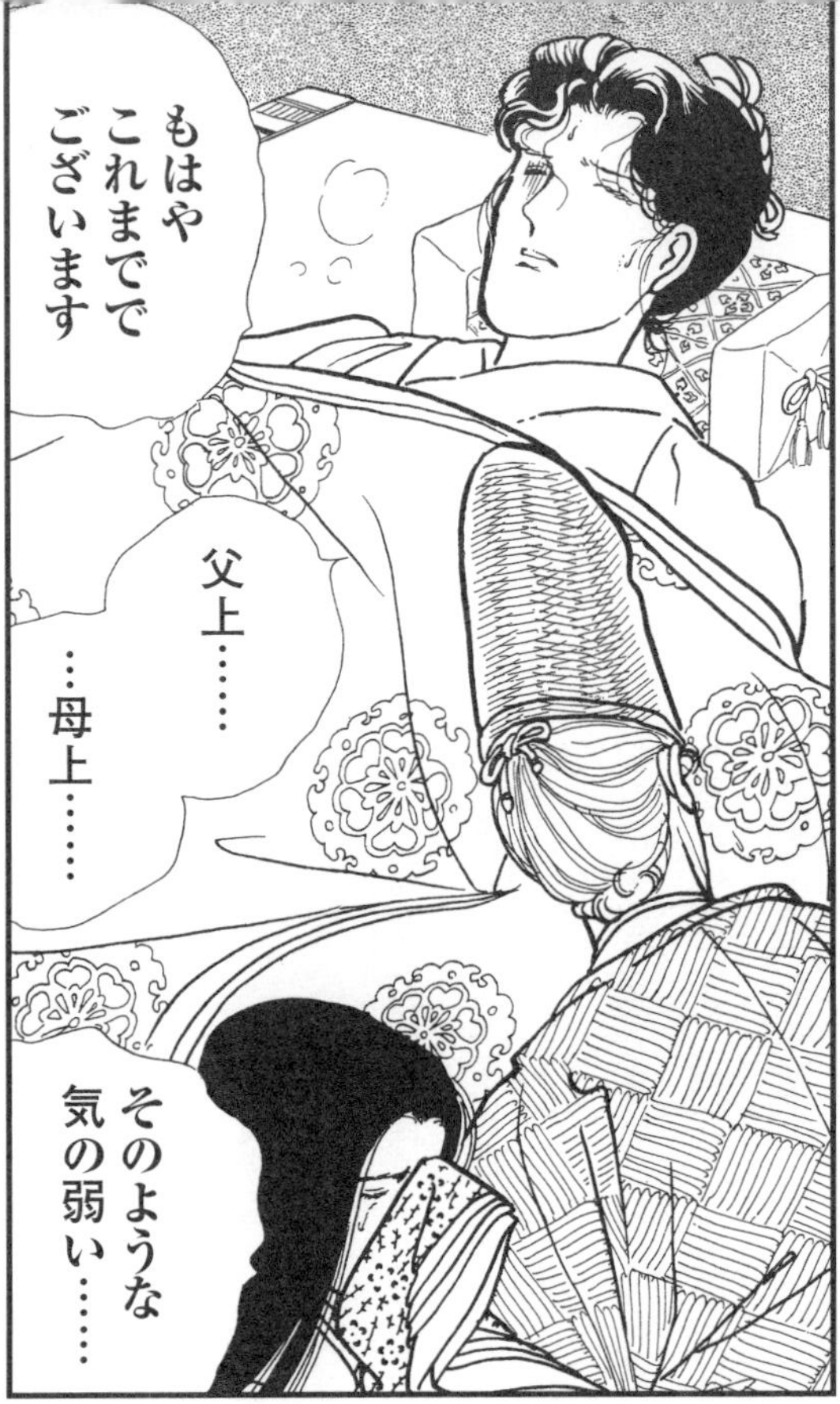
もはやこれまででございます
父上……
…母上……
そのような気の弱い……

柏木は太政大臣（頭中将）の長男で、跡取り息子だった。大臣の北の方は子どもたちのなかで、ことに柏木を頼りにしていた

両親は柏木を女二の宮の邸《やしき》から実家に移し、加持祈祷《かじきとう》などもさせていたのだが、ついに危篤に陥った

女三の宮からの返事

女三の宮は、手紙を預かった小侍従から、返事をするよう強くすすめられ、しぶしぶ筆をとりました。

「おいたわしいとは思いますが、お見舞いなどどうしてできるでしょうか。

立ちそひて消えやしなまし
うきことを
思ひみだるる煙《けぶり》くらべに

あなたの煙といっしょにわたしも消えてしまいたい。このわたしの物思いの火に乱れる煙は、あなたとどちらがはげしいか比べるためにも」

受け取った柏木は、この「煙くらべに」という言葉をこの世の思い出に、死出の旅へと発《た》っていくのです。

誕生を祝う産養《うぶやしない》の儀が盛大に催されるなかで、源氏は暗澹《あんたん》たる思いをかみしめるほかありません。女三の宮には源氏が冷淡に感じられ、また自分の罪のおそろしさに気持ちが沈みます。

出家の身の朱雀院が、娘の女三の宮の産後の衰弱ぶりを知り、気づかって下山してきます。そのとき、彼女は父に懇願して、にわかに出家してしまいました。驚いたのは源氏で、自分が朱雀院の期待を裏切ったことになるのだろうとも思います。

●柏木の死

女三の宮の出家を聞いた柏木は重態に陥ります。見舞いに訪れた親友の夕霧に、妻である落葉の宮（女二の宮）の後事を託し、まもなく泡《あわ》が消えるように死んだのでした。

新生児の薫が、五十日《いか》の祝いを迎えます。源氏は、わが子ならざるわが子を抱《いだ》いて、あやにくな運命を思うのでした。その心には柏木への同情、女三の宮への未練もまじっています。

柏木の死の翌年、故人の一周忌が丁重に催されました。そのころ、朱雀院から女三の宮へ、山の筍《たけのこ》が届けられました。源氏は、その筍をかじる薫の幼い姿に、わが老いを思いながら、女三の宮の尼姿にも無量の思いをいだきます。

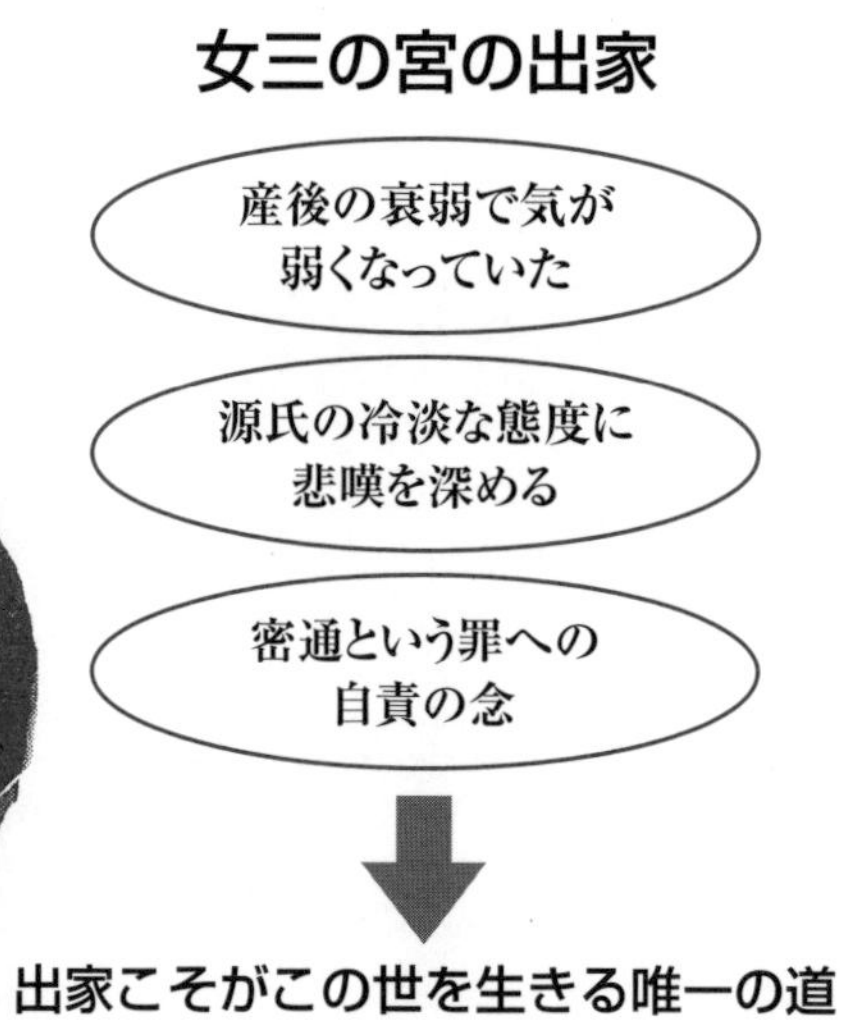
女三の宮の出家
産後の衰弱で気が弱くなっていた
源氏の冷淡な態度に悲嘆を深める
密通という罪への自責の念
出家こそがこの世を生きる唯一の道

複雑な源氏の心

薫が生まれたと聞いたときには、女の子のほうが、顔立ちなど、だれに似ているかわからず好都合だったのに、と思う反面、男の子のほうが、世話がやけなくていいかもしれない、とも考えます。

源氏は柏木の短い一生を思います。また、自分が藤壺とおかした罪がこうした報いでかえってくるとは、とも思います。そして人間世界のはかなさに思いをはせるのでした。

薫の抜群のかわいらしさ、美しさには、「あはれ」と感動するのだったが…

●遺品の横笛

その年の秋、夕霧が亡き柏木の未亡人、落葉《おちば》の宮《みや》とその母を見舞います。夕霧は、故人から後事を託されていただけに、訪問が頻繁になっています。いつしか彼の心の内には、この未亡人への恋が芽生えていたのでした。心おだやかでないのは、妻の雲居雁です。

夕霧は、落葉の宮を訪問した折に、柏木遺愛の横笛を譲られたのです。その夜、夕霧の夢枕に柏木が現れ、横笛を伝えたい人はほかにあると告げます。不審に思う夕霧は、笛の処置を源氏に相談します。源氏は、笛を預かろうと言いますが、真相を告げようとはしません。

翌年、出家した女三の宮の持仏開眼《じぶつかいげん》の供養《くよう》が盛大にとりおこなわれました。秋になり、源氏は彼女の前庭を秋の風情に作り変えて虫を放ち、彼女への未練の言葉を口にしたりします。

仲秋八月十五夜、源氏たちが冷泉院を訪問し、詩歌管弦《しいかかんげん》に興じました。その折、源氏は秋好中宮から、亡き母六条御息所が成仏《じょうぶつ》できずにいると聞き、あらためて人間の業《ごう》のおそろしさを思うのでした。

父、朱雀院の悲しい親心

女三の宮の幸せを願って朱雀院は、何人もの候補者のなかから源氏を選んだはずでした。今となっては、その選択は失敗だったと認めざるをえません。出産は無事だったとはいえ、三の宮がひどく衰弱していると聞きます。

心配がつのり、西山の寺を下りて、娘の様子を見にきます。憔悴した宮から、思いがけなくも、出家を懇願されます。驚き、躊躇するものの、自らの手で髪をおろしてやるのでした。

宮の悲痛な心が伝わり、出家こそ、娘を一時でも長くこの世に生かす方法なのだと思う、親心なのでした。

もう一人の女二の宮は、夫(柏木)が亡くなってしまいます。朱雀院にしてみれば、娘たちの不幸が続くのです。

愛用の横笛は遺品として子孫に伝えてほしいと柏木の霊は言う。夕霧は、それがだれのことなのか、確かめられなかった

横笛のいわれ

柏木の遺品の横笛について源氏は夕霧に語ります。源氏はいずれこの笛は薫に伝えようと思い、こう言いました。

「それは陽成院《ようぜいいん》（陽成天皇）の笛です。故式部卿宮（朝顔の斎院の父）が、柏木に与えたものです。柏木は子どものころから笛がじょうずでしたから。その笛は、私が預かるべきでしょう」。

原文を味わおう

その炎なむ、誰《たれ》ものがるまじきことと知りながら、朝露のかかれるほどは思ひ棄《す》てはべらぬになむ

文意

心の苦しみの炎からは、だれしもが逃れられないと知りながら、はかない命がある間は、捨てることができない

源氏が、御息所の死霊について秋好中宮に語る言葉。人間はいかに救済されがたい存在か、物語の主題が浮き上がってもいます。

周囲の心を動揺させる 夕霧の恋

●母親の悲嘆

亡き柏木の北の方、落葉の宮が、母親（一条御息所）の病気療養のために、洛北《らくほく》の小野《おの》の山荘に移っています。それを見舞う夕霧は、宮を恋する胸の内を訴え、彼女のかたわらで一夜を過ごしてしまいます。けれども、彼女の心は開きません。

この一件を知った母親は、夕霧の真意を確かめるべく、手紙を送ります。ところが、この手紙は、夫と女宮との仲に嫉妬《しっと》する雲居雁に奪い隠されてしまうのです。母親は、夕霧から返事さえこないので失望し、悲嘆のあまり死去してしまいます。

●落葉の宮と雲居雁

夕霧は、母御息所の葬儀では万般の世話をしながらも、ますます宮への思いをつのらせていきます。しかし、落葉の宮は心を閉ざすばかりでした。

落葉の宮は出家を願いながらも、結婚をもくろむ夕霧によっ

源氏と紫の上の受け取り方

実直だと評判の夕霧でしたが、これはいわば家庭崩壊という事態です。

源氏は、夕霧と落葉の宮の意外な噂を聞きますが、これも逃れがたい宿世《すくせ》かと思い、静観するほかありません。

紫の上も、落葉の宮と雲居雁の不憫《ふびん》さを思い、男に翻弄《ほんろう》される女の身の処しがたさを痛感します。

この源氏や紫の上の重苦しい受けとめ方は、当事者以上のものです。夕霧の問題は、物語を一貫する人間の愛憐《あいれん》や宿世の課題でもあるのです。

て、小野の山荘から都の一条の宮邸へ、強引に連れ戻されます。そして夕霧はついに女宮と契りを交わしてしまいます。

また、夕霧のもともとの妻、雲居雁は、この事態にたまりかねて、実家である大臣邸にもどってしまうのです。

手紙を奪う雲居雁。夕霧は主婦の座に埋没している雲居雁に感動をもてなくなっていて、その反動か、ますます落葉の宮への恋をつのらせていくのだった

紫の上の死　源氏の迷妄

●紫の上の死

源氏五十一歳の年の三月、紫の上による法華経《ほけきょう》千部の供養《くよう》が二条院で盛大に催されました。

病状の重くなるばかりの紫の上には、死期の近さが予感され、自分とかかわりあるすべての人々に、深い親近感がこみあげてきます。明石の君や花散里らと歌を詠み交わして、それとなく別れを告げるのです。もちろん、自分の死後にとり残される源氏の存在も、ひどく気遣われます。

仲秋八月、明石の中宮が見舞いに訪れました。その夕べ、紫の上は源氏に見守られ、中宮に手をとられて、ついに露の消えるように、その生涯を閉じたのでした。

源氏の茫然自失《ぼうぜんじしつ》の目にも、その死顔が比類なく映ります。白く輝く死顔の美しさ。かたわらでかいま見る夕霧も、その美しさに息をのむばかりです。

だれしもが露のようにはかない

紫の上は、源氏と見舞いに訪れた明石の中宮とで、萩《はぎ》の露を唱和します。

紫の上は萩の露のはかなさに、わが身の死をなぞらえます。源氏は、先を争って消える露にひとしいこの世では、いつも一緒にありたいと詠み、中宮は、露のようなこの世のありさまは草葉の上だけのことではない、と詠みます。

萩の上の露には、人間のはかなさが象徴されています。三人がそれぞれがかかえる悲痛な思いを、この言葉で共感しあっているのです。

ああ……
あのときの
ままだ……
いや
思い出よりも
さらに
美しい……

原文を味わおう

飽かずうつくしげにめでたうきよらに見ゆる御顔のあたらしさに、この君のかくのぞきたまふを見る見るも、あながちに隠さんの御心も思されぬなめり

文意

あまりに純粋な美しさで、すばらしく清らかなお顔がいかにも名残惜しく思われて、夕霧がこのようにのぞいているのを見ていても、源氏はその死顔を隠そうとも思わないようだ。

紫の上は、髪も乱れず美しく、顔も輝くようでした。夕霧は最後に一目なりと、御簾《みす》を上げます。野分のときにかいま見たままの紫の上の姿に、涙にくれるばかりでした。

紫の上の火葬の煙のたちのぼったのが、八月十五日の未明。彼女はかぐや姫のように、苦悩に満ちた地上から昇天したことになります。

●悲嘆の日々

年が改まっても、源氏の悲傷はいっこうに癒《いや》されません。新年のあいさつに来た人々にも会おうとはしません。

春が深まるにつれ、春を愛した紫の上への追慕の情もつのっていきます。彼は自分の生涯を顧みて、栄《は》えばえしくもあったが、憂慮に満ち満ちていた人生でもあったと思うのです。

季節は夏、秋、冬と移っていきますが、折々の風物にも故人との思い出で結びついていて、悲しみは深まるばかりです。

歳末近く、涙ながらに、紫の上ととり交わした手紙類を焼いてしまいます。そして、自分の一生も終わったと思い、深い感慨にふけるほかありません。

源氏は、紫の上との死別の悲しみに堪えたのちに、自らの救済のための出家をと願います。しかし、物語の上では、出家か否かに大きく動揺する心を描いているだけです。それだけ、源氏の心は迷妄を深めているのでしょう。

源氏の出家の様子は語られない

源氏はかねてから出家を願うことが何度かありました。

けれども出家は容易に決行できません。仏が自分にそれを決心させるために、このようなつらい経験をさせているのだ、と考えてもみます。それをそ知らぬふりをして過ごしてきたために、ついにこのような悲しい思いをかかえることになった、このうえは、ほんとうに出家するしかないとも思います。

しかし物語には、源氏の出家の様子が語られていません。

物語では、年が明けたら出家をしようという歌を詠み、正月の支度を用意したとあります。源氏は物語の外で出家をとげることになります。

あなたが死んだとき
わたしの心もまた死んでしまったのだ

だれにも会いたくない、ただ紫の上のことを思う毎日

歳末には出家を決意した

大空をかよふ幻《まぼろし》　夢にだに
見えこぬ魂《たま》の行方《ゆくえ》たづねよ
大空を自在に飛ぶという
幻術士よ　夢にさえ現れてくれぬ
あの人の魂の行方をさがしておくれ

●光源氏のその後

その後、源氏はどうなったのか、物語ではくわしく伝えていません。後の宇治の物語で、後日譚のひとつとして、源氏が嵯峨《さ が》の地に出家し、やがて崩《ほう》じた、と記されているだけです。

●謎の巻「雲隠《くもがくれ》」

「幻」の巻と「匂宮」の巻の間には、もともと「雲隠《くもがくれ》」という巻があったともいわれます。

もちろん「雲隠」の巻には本文がなく、その存在じたいも謎《なぞ》です。「雲隠れ」という語は、死を意味します。「雲隠」の巻名があったとするのは、光源氏が亡くなったことを暗示するためのものでしょう。

ご導師もまだお若い時分から長いあいだよくお務めくださいました
いままでほんとうにありがとう

御仏名《おぶつみょう》のあと導師と語らう源氏は、出家の決意をかためるのだった

第三部

光源氏の次世代の物語

匂宮　椎本　東屋　夢浮橋
紅梅　総角　浮舟
竹河　早蕨　蜻蛉
橋姫　宿木　手習

匂宮《におうのみや》、紅梅《こうばい》、竹河《たけかわ》

薫、匂宮　光源氏亡き後の作中人物たち

●ゆかりの貴公子たち

光源氏ののち、その次世代の人々の物語が「匂宮」「紅梅」「竹河」の三帖から開始されます。

「匂宮」巻によれば、源氏の跡を継《つ》ぐような人もなかったが、世間から高い評価を受けている人物が二人いた、と語られています。匂宮と薫です。

匂宮は、今上帝《きんじょうてい》と明石の中宮の間に生まれた第三皇子。つまり、光源氏の孫にあたります。他方の薫は源氏晩年の子、その実、柏木と女三の宮との不義の子です。

薫は冷泉院の格別の寵遇《ちょうぐう》を得て、若く昇進し、恵まれた環境で栄光の人生を享受しています。しかし、その心奥《しんおう》には自分の出生への漠然とした疑いもあって、憂愁をかかえこみ、仏に仕えようとする道心を深めているのです。

彼には、仏を思わせる不思議な体香があるといわれます。恵

薫と匂宮の関係

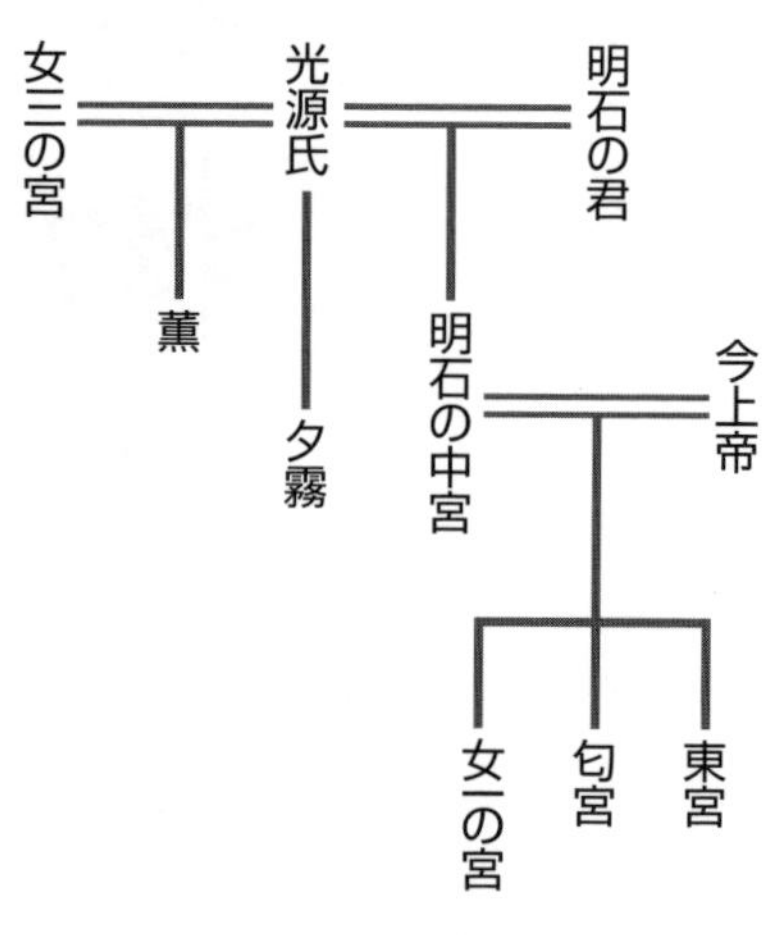

明石の君
光源氏
女三の宮
薫
夕霧
明石の中宮
今上帝
東宮
匂宮
女一の宮

巻名をめぐって

本書では「匂宮」としていますが、「匂兵部卿」「にほふ兵部卿」とする伝本も少なくありません。

女たちの視線を一身に集める薫《かおる》の中将《ちゅうじょう》が
この美しさこの若さ……
なぜいつもそうやって……
人生や世間から一歩ひいて生きているのか……
なにもかも悟りきったような顔でいるのか理解できないんだよ

薫は光源氏の子、匂宮は孫にあたる。薫は十四歳で中将、十九歳で三位中将にすすみ、栄達が約束されていた

まれた貴公子が、斜《はす》にかまえて生きようとするところに、彼の個性が認められます。それは、新しい物語の新たな主人公像を意味するのでしょう。

　こうした薫に、親しい関係でありながら、匂宮はなにかと対抗心をいだきます。世間では二人を「匂う兵部卿《ひょうぶきょう》、薫る中《ちゅう》将《じょう》」ともてはやし、権勢家のだれもが婿《むこ》に迎えたいと望んでいます。しかし薫は、道心の妨げになるからと、女性関係には興味を示しません。

●旧太政大臣家の話

「紅梅」巻は、亡き太政大臣（もとの頭中将）の家系の後日譚《ごじつだん》。按察大納言《あぜちのだいなごん》は太政大臣の次男、つまり亡き柏木の弟です。彼は北の方が亡くなり、いまは真木柱《まきばしら》（鬚黒《ひげぐろ》の娘）と再婚していました。後妻である真木柱は、前夫の蛍兵部卿宮《ほたるひょうぶきょうのみや》との間の娘を、連れ子として同じ邸《やしき》に住まわせていました。宮《みや》の御方《おんかた》とよばれています。その彼女は内気ながら気立てがよく、大納言からも厚遇してもらっています。

大納言は先妻腹《ばら》の中の君を匂宮にと願っているのですが、匂宮じしんの関心は、連れ子の宮の御方のほうにありました。しかし、宮の御方は、匂宮がどんなに熱心に求婚してきても応じようとしません。母の真木柱も、匂宮が好色だと聞き及んでいたため、宮の御方と匂宮との結婚には消極的です。

●玉鬘《たまかずら》の息子たち、娘たち

「竹河」巻は、鬚黒亡きあとの玉鬘家の後日譚です。玉鬘は、夫鬚黒の死後、女手ひとつで五人の子を育ててきましたが、屋台骨の折れた家庭には、やはりわびしさがあります。

二人の姫君たちは、帝からも冷泉院からも所望《しょもう》されています。

女君たちの、その後

物語では、源氏とかかわりのあった女君たちの消息を簡単に伝えています。

●朧月夜

光源氏生前のことですが、朱雀院に続き、自らも出家しました。

●花散里

源氏から遺産として二条東院を譲られます。晩年は夕霧の世話を受け、幸せな一生を送ります。

●女三の宮

源氏の死後は、朱雀院から伝領《でんりょう》した三条院で仏道にはげみます。薫の世話を受けています。

●明石の中宮

今上帝の中宮として主に宮中で暮らしています。匂宮の行状をいさめるなど、気品と貫禄に満ちた中宮ぶりです。

そこに蔵人少将《くろうどのしょうしょう》（夕霧の息子）の求婚も加わり、どうしたものかと悩んでいます。

晩春三月の桜の盛りに、玉鬘邸では姫君たちが、碁《ご》にうち興じています。そこに息子たちがやってきて、皆で語らううちに、父大臣生前の盛んな往時を懐かしんでは涙ぐんでしまいます。

その様子をかいま見る蔵人少将は、なんとしても大君（長女）を、と望むのですが、彼女は冷泉院への参内が決まってしまいます。大君は当初は冷泉院の寵愛を受けたものの、やがて弘徽殿の嫉妬《しっと》がつのり、とかく里がちになります。一方、中の君は今上帝に入内《じゅだい》したのですが、思うような幸せには恵まれません。母の玉鬘は、薫にそうした愚痴《ぐち》をもらすこともありました。

六条院《ろくじょういん》には いまも 花は咲くが……
春も 昔の春には およばぬ……
けれども それはもはや とり戻すことも かなわぬ……

六条院はかつての華やぎがなくなった、と夕霧には感じられる

六条院の、その後

六条院に住むのは、明石の中宮が産んだ女一の宮と、二の宮です。二の宮は夕霧の次女をめとり、つぎの東宮に立つことになっています。

また、夕霧が落葉の宮を六条院に迎えています。落葉の宮は、柏木との死別後、このような日々がくるとは思ってもいなかったでしょう。

今では夕霧の六の姫君（藤典侍腹《とうないしのすけばら》）の母代わりとなっています。

宇治の姫君 八の宮家の人々との出会い

●八の宮と親交をもつ薫

源氏の異母弟である八の宮は、今では世間から忘れ去られている古宮です。彼は若いころ政争に巻き込まれて敗れ、そのまま失意の人生を歩んでいました。北の方を早くに亡くし、京の邸も火災に遭ったので、自分からすすんで宇治《うじ》の山里に退き、在俗のままながら仏道修行に励んでいました。

年若い青年である薫が、この宇治の八の宮の生き方に強い関心をもつようになります。冷泉院に伺候《しこう》していた宇治の阿闍梨《あじゃり》という僧侶から、この八の宮の俗聖《ぞくひじり》としての噂を聞いたのがきっかけでした。俗聖とは、出家にはふみきらず、在家のまま仏道者であろうとする生き方です。

薫は、阿闍梨を介して、八の宮と親交するようになり、いわば法《のり》の友となったのです。もともと道心をかかえこんでいる薫なればこその宇治通いとなったのでした。

合奏の音に気づいた薫が中を見ると……

思ってもみなかった……
八《はち》の宮《みや》の姫君たちがこれほどとは……
宇治《うじ》の橋を守る橋姫《はしひめ》もかくやと

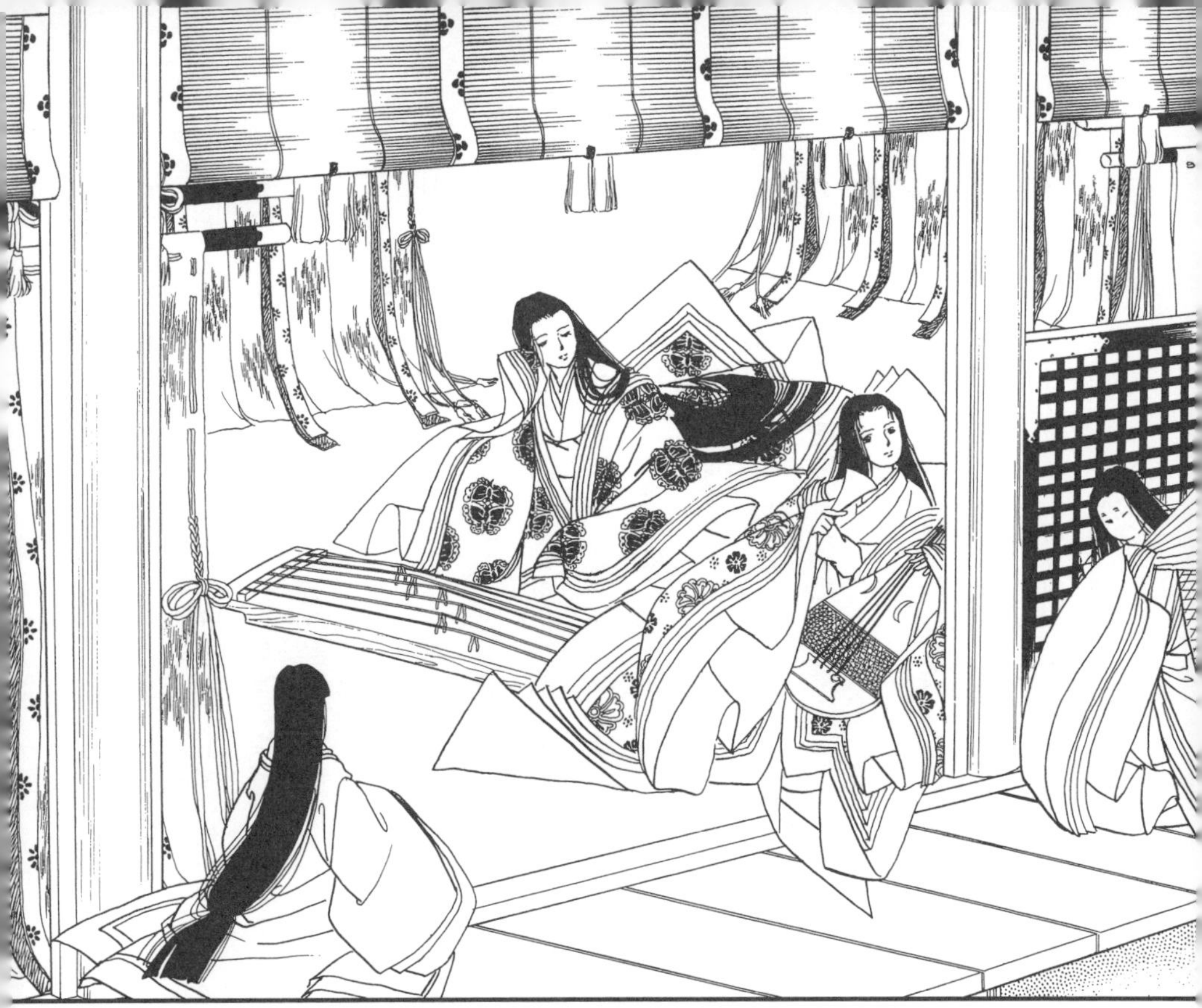

薫がかいま見た姫君たちは、月下で合奏して楽しげに語らっていた

知識

宇治十帖のはじまり

第三部は十三帖ありますが、そのうち四番目の「橋姫」巻以降を宇治十帖《うじじゅうじょう》とよびます。宇治を主な舞台にし、そこで繰り広げられる物語です。

宇治は、当時から貴族の別荘地でした。藤原道長《みちなが》の別荘が、現在の平等院《びょうどういん》です。宇治の山里は紅葉や桜の名所としても有名でした。物語でも、匂宮が宇治にある夕霧の別荘に宿をとったり、紅葉狩りに行ったとあります。

また、宇治は「憂《う》し」を連想させ、和歌にも詠《よ》まれます。「百人一首」の次の歌も宇治を詠んでいます。

わが庵は都のたつみしかぞ住む
世をうぢ山と人は言ふなり
（喜撰《きせん》法師）

姫君たちをかいま見る

親交三年めの秋、八の宮の留守中に宇治を訪れた薫は、月の光のさしこむ下で、琵琶《びわ》と箏《そう》を合奏する姫君たちの姿をかいま見て、その美しさに心惹《ひ》かれていきます。

翌朝、姉の大君《おおいぎみ》と歌を詠み交わした薫は、彼女の思慮深い魅力に思慕の情をいだくのです。彼は、無常の世の憂愁をたがいに慰めあえるような交誼《こうぎ》を、とも願うのでした。

後日、あらためて訪問した薫は、八の宮から、自分の死後の姫君たちの後見《うしろみ》を頼まれ、これを承諾しました。

その夜、薫は、八の宮邸に仕える弁《べん》という年配の女房から、自分の出生の秘密を聞かされます。薫はじつは亡き柏木の子であるという真相を、ここではじめて知り、女三の宮あての柏木の古びた手紙をも渡されたのでした。

八の宮の遺言

そのころ匂宮も、薫から宇治の姫君たちの存在を聞かされていました。その匂宮は、強い関心から八の宮家にしばしば歌文を送りますが、八の宮はその返事を中の君《なかのきみ》に書かせます。

初秋七月、八の宮を訪ねた薫に、宮はあらためて、自分の死

八の宮の厳しい遺言

八の宮は自分が亡き後、男手ひとつで育ててきた姫君たちを見捨てず、様子をみてほしい、と薫に依頼します。この依頼が薫との結婚を意味するのか、経済的な援助なのか、あるいは精神的な支えになってほしいのか、ややあいまいな言葉になっています。

また参籠《さんろう》の前に、姫君たちにこのような訓戒を残します。山里に生涯を埋めよ、なまじ宇治の地を捨てて京に出て、親の面目をつぶすような結婚はするな、と。親王としての自尊心から出た言葉なのでしょう。それにしてもあまりに厳しい処身の方針です。

のちに大君が薫との結婚をかたくなに拒むのも、この訓戒を守り、独身を通そうと心に決めたためです。

後の彼女たちへの後見を託します。また、阿闍梨の山寺への参詣に先だって、姫君たちにも訓戒《くんかい》を言い残します。
八月二十日ごろ、その八の宮は参詣の山寺で、急死してしまいます。姫君たちは深い悲嘆にくれるばかりで、薫の弔問や手厚い世話にも心を閉ざしたままです。その年の暮れ、薫は大君に思慕の情を告白しますが、大君の心は動きません。

自分の出生を疑っていた薫

幼いころ、実の父は別にいると耳にしたような気がする。たしかに母である女三の宮が、若くして出家したのも、人に言えない秘密があるのではないか。薫はこれまで長い間、ずっと出生の秘密に悩んできたのでした。

……それでは わたしの 真実の父は……
柏木《かしわぎ》 衛門督《えもんのかみ》……!
母上と衛門督《えもんのかみ》の あいだに生まれた 罪の子……
それが わたしだと いうのか……

薫に真実を告げた弁は、柏木の乳母子《めのとご》で、女三の宮と柏木の仲立ちをした小侍従《こじじゅう》のいとこ。八の宮に仕えている

恋しても通い合えぬ心 薫と大君

大君《おおいぎみ》への届かぬ思い

八の宮の死の翌年の仲秋八月、宇治を訪ねた薫は夜通し大君に恋心を訴え続けるのですが、何事もなく夜明けを迎えてしまいます。しかし、大君は薫の誠実な人柄を思い、自分が独身を押し通す代わりに、薫と中の君の結婚こそ願わしいものと考えます。そこで、女房の弁を介して薫に伝えてもらいます。

薫は、当然ながらこれに同意するはずはありません。彼は八の宮の喪《も》が明けたある晩、強引に大君の寝所に忍び込みます。しかし、その気配を敏感に察知した大君は、中の君をひとり残して部屋を逃れ出てしまいました。驚いたのは中の君、落胆する薫は空しい思いで中の君と何事もなく語り明かすのでした。

中の君と結ばれる匂宮

薫は、自分が大君と結ばれるために、一計を案じることにしました。もしも中の君が匂宮と結ばれたなら、大君も自分との

何事もなかった薫と大君の一夜

薫が大君に、無常の世の憂愁を慰めるために親しく交際を、と言うと、大君は薫の主張には共感しつつも、彼の本心をさりげなくそらしてしまうのです。

薫が、亡き八の宮から姫君たちの後見《うしろみ》を遺託《いたく》されたとして説得しようとすると、大君も生涯を山里にとどまれという亡父の遺戒《いかい》を盾《たて》にとる、という具合です。

切々と訴える薫を、大君はついに拒み通したのです。

……お放し
ください……
……場所がらを
お考え
くださいませ……！
ここは……
み仏のおわす
ご仏間《ぶつま》では
ありませんか
……！
……大君《おおいぎみ》……

八の宮の法事を準備するため宇治を訪れていた薫。大君に胸の内を訴えるが……。結局、それ以上のことがないまま、暁《あかつき》を迎えた

薫

無理じいはすまいと反省し、喪が明けたら大君の心もうちとけるだろうと思った

大君

夜になっても薫が帰らないので、大君は用心して仏間との戸を開け、部屋を明るくして応対していたが、薫の意外な行動に驚く

周囲の女房たち

薫と大君が結ばれることを願って、離れた部屋に下がっていた

結婚を果たしてくれるだろう、ともくろんだのです。

　彼は、かねてより中の君に関心を寄せている匂宮を宇治に案内して、中の君と契り交わすように導いてしまったのです。大君は、この薫の行為を恨みました。匂宮は新婚三日間、無理をおして宇治に通いますが、高貴な身分ゆえ、自由な外歩きもかなわず、とかく足が遠のきがちです。姫君たちからは、匂宮が不誠実で浮気の人と受け取られてもしかたがありません。

●会えない二人に大君が悩む

　十月、匂宮は宇治の紅葉《もみじ》狩りのついでに訪問を約束したのですが、母の明石の中宮の監視が厳しく、中の君に会えぬままに帰京してしまう、という行き違いがありました。姫君たちの落胆はいうまでもありません。

　また姫君たちは、匂宮の使者から、匂宮が夕霧の姫君、六《ろく》の君《きみ》と結婚するという縁談がすすんでいると聞かされます。とりわけ大君は絶望的な気持ちになり、中の君と宮の結婚をしぶしぶでも許してしまった自分を責めるほかありません。

　大君は心労のあまり、病床に臥《ふ》す身となってしまいます。それを知った薫が見舞い、そのまま逗留《とうりゅう》して手厚い看護にあた

大君の心

もしも結婚したなら
たとえ薫のような誠実な男が相手だとしても、どんな目にあうか知れたものではない

中の君の結婚を見て
亡き父宮の遺戒を墨守して結婚を否定的に考えてきたが、中の君の不幸な結婚が、それを実証したようなものだ

↓

いよいよ結婚拒否の念を強くしていく

るのです。大君は薫を枕元によんで、短いながら言葉を交わすこともあります。死を自覚した彼女が、あらためて薫の心の誠意に共感したからでしょう、自分が薫の心の内に、美しい人として記憶されたいもの、とも願います。

大君はやがて物の枯れゆくように、息絶えてしまいました。彼女の願いがかなうかのように、あやしくも白く美しい死顔は、薫の脳裏に忘れえぬ美しさとして刻印されたのでした。

大君は、薫と浅からぬ因縁があったのだと思う。ついに死が近づいたとき、はじめて二人は心を通わせることができた

……おいでにならないあいだ……
もう……このままお目にかからずにはかなくなってしまうのかと……
……悲しゅうございました！
……大君《おおいぎみ》……

大君が亡くなり、薫はそのまま宇治にとどまって喪に籠もった。大君とはついに添いとげることができなかった自らの宿縁を嘆くばかりであった

実らぬ恋に迷う 薫の栄華と憂愁

中の君の悲嘆

大君の死の翌年、宇治の山里にもようやく春の陽光がさしこむころ、山寺の阿闍梨《あじゃり》のもとから山菜が届けられます。

仲春二月、匂宮が中の君を、自邸である二条院に迎えとることになりました。薫は、中の君の後見役《うしろみ》として、細々とした雑事に奔走します。しかし、その実、中の君を匂宮に譲ったことを、今になって悔やんでもいるのです。

すでに約束されていたことですが、匂宮と夕霧の六の君との結婚の日が近づきました。それと知った中の君は、父宮の遺戒にそむいた軽率さを悔やみます。薫も同情を禁じ得ません。

匂宮と六の君の結婚の儀がすんだころ、中の君はわが身の不幸を嘆き、宇治の地に思いをはせるあまり、薫に同行を依願してしまいます。薫は中の君への思いが抑えがたく、彼女の袖をとらえて意中を訴えるのですが、それ以上のことはありません。

匂宮と六の君との結婚

六の君と匂宮との新婚第三夜、ところあらわしの饗応が豪華におこなわれます。六の君は夕霧と藤典侍《とうのないしのすけ》との間の姫君で、夕霧は左大臣。この第三夜の饗応は、夕霧家が匂宮を後見することを、ひろく世間に公表する意味ももっているのです。

たとえ匂宮がいかに中の君を愛していようと、親である八の宮はすでに亡く、婿君への後見役はだれもいません。薫の後見といっても、肉親ではないので限度があるのです。

紫《むらさき》の上《うえ》の
おばあさまから
いただいた
紅梅も盛りだ
これからは
ともにこの花を
賞でていこう
いつまでも
……

匂宮はようやく母中宮からのお許しが出て、紫の上から
伝領した二条院に中の君を迎えることができた

中の君の人となり

姉の大君はひとり匂宮の不誠実を危惧しているのに、中の君はしだいに匂宮に心を動かされるようになります。これまでなじんできた薫よりも、匂宮のほうが気骨もおれないとまで思うのです。新婚三夜があけて、匂宮とともに朝の景色を見るときも、心を通わせています。

中の君は、のちに異母妹の浮舟と対面したとき、うちとけて話し、浮舟に絵などを見せて慰めてやります。

中の君は若々しく愛敬ある性格で、その人となりは、姉の大君とよく比較されます。「橋姫」巻では、中の君を「おっとりとしてかわいらしい」と語り、一方の大君を「思慮深く落ち着いている」と語っています。

ところが敏感な匂宮は、中の君に薫の移り香があることに気づき、二人の仲を疑います。

後日、中の君を訪ねた薫は、宇治の邸《やしき》を寺に改築して、亡き大君の像をその御堂《みどう》に安置したいと願い出ました。大君は薫にとって、今も忘れがたいだいじな存在なのです。

●浮舟の存在を知る

中の君は、薫の懸想《けそう》をそらすためにも、大君に似ているという異母妹の浮舟の存在をはじめて告げます。薫は宇治を訪れて改築の相談をした折、弁の尼に浮舟との仲介を頼みました。

翌年二月、中の君は男児を出産します。以来、彼女は匂宮の妻として、重んじられていきます。

一方、薫は、かねてより今上帝からすすめられていたのですが、女二《おんなに》の宮《みや》を妻として降嫁《こうか》させます。今上帝の婿《むこ》としてますます栄えていくのだと、世のだれからも羨《うらや》ましがられるのですが、その薫は、宇治の御堂の造営にばかり熱心なのです。

その後、薫は宇治の邸で偶然にも浮舟一行に出会い、彼女がたしかに亡き大君に似ているのに気づいて感動したのでした。

薫の心の内

女二の宮の降嫁を受けた薫の心の内をみると

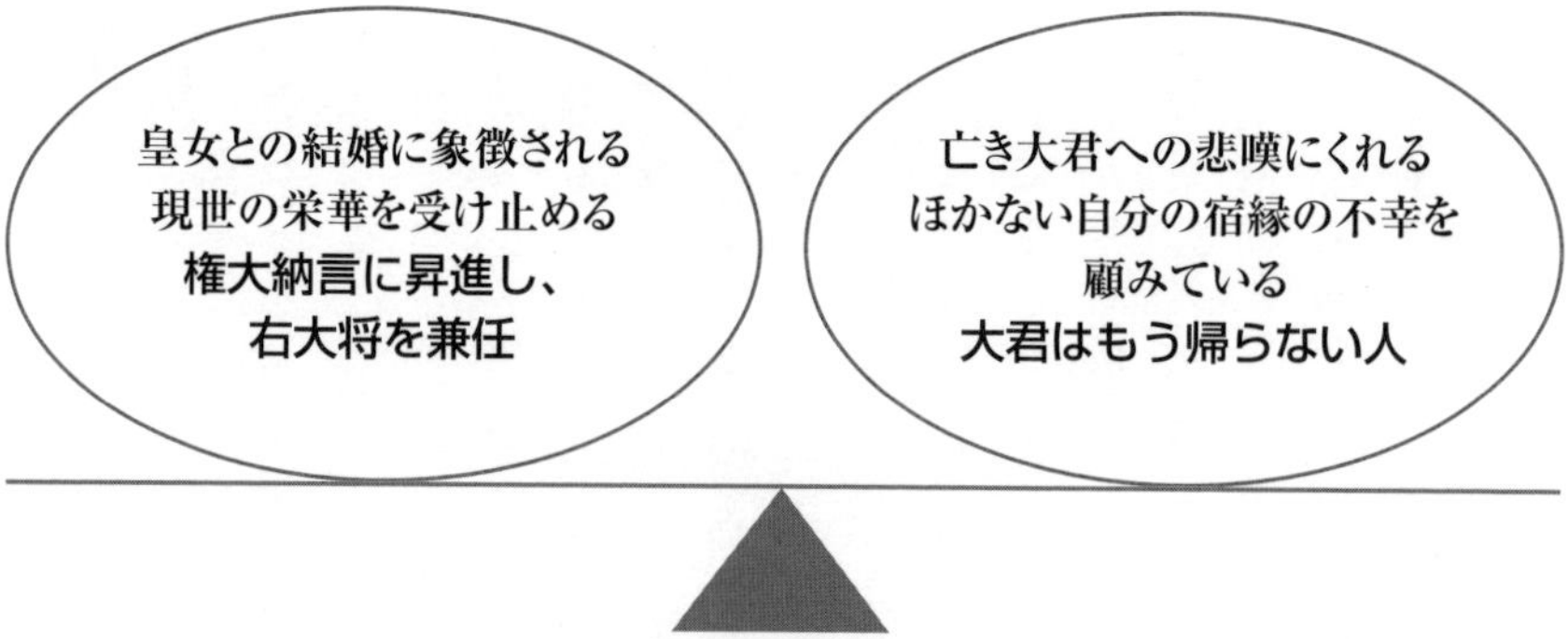
皇女との結婚に象徴される
現世の栄華を受け止める
権大納言に昇進し、
右大将を兼任
亡き大君への悲嘆にくれる
ほかない自分の宿縁の不幸を
顧みている
大君はもう帰らない人

薫に独自な平衡感覚が保たれている

姫君は二十ばかりに見えました
宮さまのお血筋か品もありどことなく大君《おおいぎみ》さまに似てたいそう美しく……
このまま受領《ずりょう》の継娘《ままむすめ》として田舎人《いなかびと》のあいだに埋もれさせるにはいかにも惜しいと母君が嘆いておりましたっけ……

中の君は異母妹の存在を薫に明かした。大君に生きうつしだという、その浮舟のことを、薫は弁の尼からくわしく聞く

←

薫は、「亡き大君に少しでも似ている人がいたら、どこまでもたずねて行きたいのです」と言い、私のことを伝えてほしいと頼んだ

つたない宿世に流される 浮舟の登場

●二条院に預けられる浮舟《うきふね》

浮舟の母は中将《ちゅうじょう》の君《きみ》とよばれています。彼女はもともと八の宮に女房として仕え、宮との間に一女をもうけたのです。それが浮舟です。のちに、宮に厭《いと》われ、浮舟を連れて常陸介《ひたちのすけ》の後妻となりました。

母の中将の君は、浮舟との縁談という薫の希望を伝え聞いたのですが、身分の違いで悩んだ自分の経験から乗り気でなく、左近少将《さこんのしょうしょう》という人物を浮舟の婿《むこ》に選んでいました。

ところが左近少将は、もともと常陸介の財産をめあてにしていたので、浮舟が常陸介の実子でないと知ると、一方的に破談にしてしまったのです。しかも、常陸介をおだてて、実子にのりかえてしまいました。

中将の君は浮舟の悲運を嘆いて、これまで交渉の途絶えていた異母姉の中の君に預けることにします。いまは匂宮の二条院

浮舟と母親

浮舟は母との絆《きずな》がひじょうに強く、そのぶん主体性がなく受動的な性格です。けれども最終的には、思い切った人生の選択をすることになります。

浮舟をめぐる関係

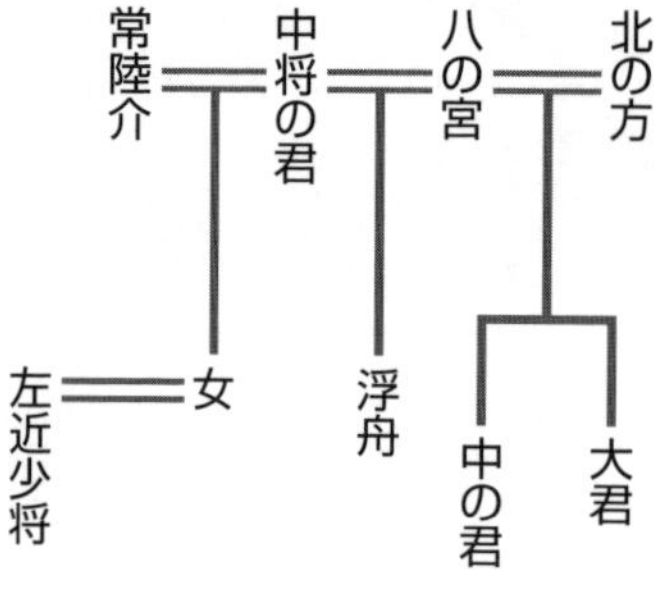

この浮舟《うきふね》を……
少将《しょうしょう》ふぜいには
惜しいと
思いながらの
縁組みだったというのに
……
それを……
父親のいない娘と
軽んじて……

母の中将の君は、浮舟は薫とはあまりに身分違いと、左近少将との結婚をすすめていたが、少将は、実子ではないから、と結婚直前になって断ってきた

さあ
いつまでも
ふさぎこんで
いないで
この二条院の
見事さを
ご覧なさい

中の君は浮舟を一時預かってほしいと頼まれ承諾する。浮舟も中の君に会えることがうれしいと思う

にいる中の君をたずねた中将の君は、そこで匂宮と薫をかいま見します。この二人の美しさに驚き、偶然いあわせた左近少将のぶざまさに失望します。

中の君の幸せそうな様子も見て、中将の君はこれまでの考え方を一変させます。浮舟を貴公子の妻にして、左近少将などを見返してやろうと思ったのです。

●三条の家から宇治へ

中将の君が、浮舟を中の君によくよく頼んで退出したあと、偶然にも匂宮が浮舟を見つけてしまいます。浮舟が中の君の異母妹とも知らずに、匂宮は浮舟に懸想《けそう》し、強引に迫ります。女房たちの機転で、その場はことなきを得たのですが、これを聞き及んだ母の中将の君は、浮舟をひそかに三条の隠れ家に移すことにしました。

薫は、宇治の御堂《みどう》の完成後、そこを訪ねた折、弁の尼から浮舟の動静を知らされます。弁を介して浮舟の隠れ家をたずねた薫は、彼女を宇治の地に移り住まわせることにします。薫の心の内には、この浮舟がもう一人の大君として思われているのです。

出逢ってもなお浮き立たない薫の心

三条あたりの隠れ家をたずねた薫は、すぐに浮舟と交渉をもたず、その家の簀子《すのこ》でひとり歌を詠んでいます。

さしとむるむぐらやしげき東屋のあまりほどふる雨《あま》そそきかな

草が生い茂って戸口をとざしているのか、雨の降る中で待たされることよ、という意味です。すでに浮舟をかいま見て、大君とよく似ていることは知っていても、物思いにふけるところが薫らしいのです。

薫には、逢いたかった浮舟にようやく出逢えた、その喜びが感じられません。物語でも、浮舟を「人形《ひとがた》」とよんでいるところがあります。やはり薫の心にはまず大君がいて、浮舟はしょせん大君の形代《かたしろ》でしかないのです。

……大将《たいしょう》の君《きみ》……？
ああ……
……この人だ……！
わたしの大君《おおいぎみ》……！
とうとうお会いできた……！

薫の目は最初から浮舟を
大君の代わりとしか見ていない

宇治への車中、薫と浮舟の様子は

薫は、浮舟をいとしく思わないではないのですが、これまで大君に逢うべく宇治に通ったことが思い出され、物思いに沈んでいます。

車の中で二人の袖《そで》が重なるほど身を寄せ合っていても、薫の心の中には大君の面影しかないのです。

浮舟を亡き大君の形見とみる歌を詠む。つき従う人たちも、うれしいはずの道中なのに、なぜこのように薫の表情が悲しげなのか、と思うのです。

一方の浮舟は、母にも言わず、このように家を出てきたことを悲しく思います。宇治に到着するころは、薫の心やさしさに少しは落ち着いたものの、これから自分はいったいどうなるのだろうか、それが不安でなりません。

浮舟《うきふね》

苦悩の末の選択　浮舟の入水への道

●薫か匂宮か

匂宮は、二条院で偶然にも見いだした浮舟のことが忘れられません。そのころ、中の君に届いた手紙が、彼女からのもので、どうやら宇治にいるらしいと直感します。そこで従者をともなって宇治にのりこんでいきます。

匂宮は、自分を薫といつわって浮舟のもとに近づくのですが、それにだれも気づきません。女君《おんなぎみ》はやがて人違いだと気づくのですが、時すでに遅しということになりました。

しかし浮舟はしだいに、薫とは対照的な匂宮の激しい情熱に心惹《ひ》かれるようになります。

二月、薫は久しぶりに宇治を訪ねたところ、浮舟は匂宮との一件ゆえに物思いに沈んでいます。こうした彼女の態度や表情を、女としての成長の証《あか》しと喜ぶ薫は、京に迎えるべく約束をするのです。一方、匂宮は浮舟への執心がいよいよつのって、

浮舟はどういう気持ちだったのか

薫や中の君のことを考えると、匂宮との関係が恐ろしく思われるが、高貴な身をもかえりみない宮にしだいに惹かれていきます。

薫の宇治への訪れは間遠《まどお》です。浮舟は、薫が清らかでりっぱな人だとは思うのですが、心が通いあっている気がしません。匂宮への思いがつのり、それが苦悩のもとになっていきます。

京へ迎える、と薫から言われても、喜んで行こうという気にもなれないのです。

薫《かおる》の殿《との》のご愛情は深くやさしくわたしを包みこむようで
そして匂《におう》の宮《みや》さまの情熱は
身も心もこがすようで……

薫に逢っているときは匂宮のことを思い、匂宮に逢うと薫への不実を恐れる。しかし、薫は二人の不祥事をまだ知らない

安住の地が定まらない浮舟

- 東国で継子として育つ
- ◀ 上京
- ◀ 左近少将との婚約
- ◀ 破談
- ◀ 中の君を頼り、二条院へ
- ◀ 匂宮との一件で、三条あたりの隠れ家へ
- ◀ 薫と出逢う
- ◀ 宇治へ連れられていく
- ◀ 匂宮とのかかわり
- ◀ 京へ迎えると、薫からも匂宮からも言われる

雪をおして宇治に出かけます。彼は女君を連れだし、小舟で宇治川を渡るべく橘《たちばな》の小島をめぐり、対岸にたどりつきます。その対岸の隠れ家で耽溺《たんでき》の二日間を過ごしたのです。

薫は、浮舟を京に迎える由を伝えてきたのですが、同じころ匂宮もまた、彼女を引き取りたいと言ってきます。真相を知らぬ母の中将の君は、娘が薫のもとに引き取られる幸運を喜んでいます。

●身の破滅を思う

匂宮の使者の不注意から、ついに、薫に、浮舟と匂宮の関係が知られてしまいました。また、そのことを浮舟も知ります。

薫からは、浮舟の不誠実さをとがめるような手紙が届きました。浮舟は動揺するばかりです。薫への義理と匂宮への執心という、二人の貴公子の板挟みに、浮舟はわが身の破滅を思い、宇治川の水音に、入水《じゅすい》を決意します。しかし、そうした三角関係を清算するために入水を考えつくとは、貴族社会の女君としては、やはり異様です。

美しい男と女を乗せて、雪の中、月下の宇治川をすすむ小舟。
恋の官能と人生の不安を感じさせる名場面である

ご覧 浮舟《うきふね》の君《きみ》……
この小島は 橘《たちばな》の小島と いうのだよ
あの 常盤木《ときわぎ》の 変わらぬ緑こそ わたしの心だ

母の中将の君から、不吉な夢をみたので娘の身が案じられるという手紙が届きます。彼女はそうした母の温情に涙しながらも、今宵《こよい》こそ川に身を投ずるべき時だと、かたくなに心を決めたのでした

原文を味わおう

さてもわが身行《ゆ》く方《へ》も知らずなりなば、誰《たれ》も誰《たれ》も、あへなくいみじとしばしこそ思うたまはめ、ながらへて人笑へにうきこともあらむは……

文意

もしも自分が行く方《え》知らずになったら、しばらくは悲しんでくれる人もいるだろうが、やがては忘れられるだろう、もしも生き長らえて世間の物笑いになって、いやな思いをするよりも……

生き恥をさらすよりも、死を選ぶべきだ、と思いはじめます。

薫からは四月十日に京に迎える、匂宮からは三月中に、と知らせがある。追い詰められた苦悩を母にも相談できず、あらためて死を決意する

男女の愛執の果て 浮舟の出家

●浮舟の失踪《しっそう》

宇治の邸《やしき》では浮舟の失踪に気づいて驚きますが、彼女の書き置きから、入水《じゅすい》かとも思いはじめます。

母の中将の君は知らせを聞き、驚いてかけつけますが愕然《がくぜん》とするばかりです。やがて亡骸《なきがら》のないまま葬儀が営まれます。

薫は、石山《いしやま》参詣中にこの知らせを聞きました。彼は浮舟を放置していたことを反省しながらも、浮舟の軽率さに恋しさもさめるような思いです。一方、匂宮は悲嘆のあまり病に臥《ふ》してしまいます。

後日、薫は、なぜ自分が八の宮の姫君たちを次々と失わねばならないのかと、その宿縁のつたなさを嘆くのでした。

●助けられていた浮舟

ところがじつは、浮舟は死んではいなかったのです。横川《よかわ》の僧都《そうず》たちの一行が、初瀬詣《はっせもう》での帰途の宇治で、正気を失って倒

浮舟の葬儀

女房たちは、浮舟が最近手紙を燃やすなど身辺整理していたことを思い、宇治川に入水したのだろうと推察します。しかし遺骸は見つかりません。驚いてかけつけた母の中将の君と女房たちとで、最後に着ていた衣裳などを火葬にしたのです。

薫は石山にこもっていたため、このことを聞くのが遅れて、葬儀を出してやることができませんでした。後日、どうしてこんなに簡単にすませたのか、と不満を言います。

……なんということだ……
もはや葬儀まですませたというのか……

薫の心

浮舟の死を知った薫は、ただ悲しむだけでなく、冷静さをあわせもっていた

どうしてあんなさみしい宇治にほうっておいたのだろう

いままでどうしてのんびりかまえていたのだろう

私がほうっておいたから匂宮も軽々しく思ったのだろうか

悔やみ悲嘆する気持ち

このように女のことで悲しいめにあうわが宿世なのか

仏が自分に道心をおこさせるのかと冷静に考える

もしも浮舟が生きていたら匂宮と自分とのことが世間に知られ、恥をかいただろう

気持ちがさめてくる

れている浮舟を助けていたのでした。

一行は彼女を、小野《おの》の山里の邸に連れ帰りました。僧都の妹の尼君は、亡き娘の身代わりと喜び、手厚く世話をします。

その効《かい》あって意識をとりもどしたものの、浮舟は自らの素姓《すじょう》を語ろうとはしません。死にきれなかったことを思い、いちずに出家を願うばかりです。しかし世話にあたる人々は、あたら若い身には、と出家に反対します。

ある日、横川の僧都がこの邸に立ち寄りました。浮舟は、僧都に懇願して、ついに出家を果たしてしまいます。

●薫が浮舟のことを知る

ある日のこと、横川の僧都が明石の中宮のもとで、この出家した女のことを話題にしました。中宮らは、噂になっている浮舟のことかと直感します。これを伝え聞いた薫は、僧都を訪ねることにしました。

薫は僧都から、浮舟の動静のあらましを聞き、その浮舟との仲介をも依頼します。さしあたって僧都は、浮舟の弟の小君《こぎみ》に手紙を託すことにしました。

僧都の手紙には、薫の愛執の罪が消えるようにしてあげてほ

薫と匂宮のその後

匂宮は、浮舟が亡くなって悲嘆のあまり病に臥しています。薫は匂宮を見舞いますが、皮肉を言ってしまいます。

匂宮は浮舟の女房だった侍従《じじゅう》をよび出し、やがて明石の中宮づきにするのです。薫は、浮舟の弟たちの世話をすることを中将の君に約束しました。

四十九日、一周忌と法要をすませ、薫は立ち直りつつあります。浮舟が小野の山里で救われたころ、薫は女一の宮（明石の中宮と今上帝の間の姫宮）に心を動かしていました。一方の匂宮は、すでに新しい恋を見つけています。

こうした二人の様子から、薫にとっての浮舟は大君の代わり、匂宮にとっては薫とはりあう気持ちから出た一時の恋だったといわざるをえません。

流転《るてん》三界中《さんがいちゅう》
恩愛《おんあい》不能断《ふのうだん》
棄恩《きおん》入無為《にゅうむい》
真実《しんじつ》報恩者《ほうおんしゃ》
三界（欲界　色界　無色界）に
流転して　恩愛は断つことができないが
恩を捨てて　無為に入るのが
真実の報恩である

浮舟を助け、出家に導いた横川の僧都は、
比叡山《ひえいざん》横川の高徳の僧。妹の尼君は娘が亡くなり、
娘の代わりに浮舟を観音《かんのん》が授けてくれた、と親身に世話をする

出家を果たした浮舟の日常

生き返った浮舟は、もう世俗に戻りたくないと強く思います。用事があって下山してきた僧都に懇願して、出家をとげてしまいます。

出家の望みがかない、心の余裕が出てきたのか、念仏の合間に手習いのような心やりの歌を詠み、ときには碁《ご》にうち興ずることもあります。

そのころ詠んだ歌には、出家の決意が見られます。

亡《な》きものに身をも人をも思ひつつ
棄《す》ててし世をぞさらに棄てつる

（文意）

わが身も思いを寄せた人も、この世にないものとあきらめつつ、一度捨てた世を、さらに捨ててしまったことだしい、などと書いてあります。浮舟は、来訪した小君の存在に気がついて、母の中将を思い起こしては涙を禁じえないのですが、小君との対面さえ厳しく拒み、手紙は人違いだと言い張ります。小君は姉に会えずに空しく帰るほかありません。

期待はずれの結果に、薫は気落ちします。そして、浮舟の心をはかりかね、もしかするとだれかが彼女を隠れ住まわせているのではないか、とも疑うのでした。

知識

夢浮橋とは

最後の巻名「夢浮橋」の語は本文中にありませんが、世の中の人のつながりは夢のようにはかないもの、とする古歌「世の中は夢の渡りの浮橋かうち渡りつつものをこそ思へ」によるともいわれます。

……お使者のかたに申しあげます
このお文《ふみ》はお人ちがいでございます

物語は、「人違いだろう」と言う浮舟について、薫が疑いをもつところで終わる

基礎知識

源氏物語を味わうための「い・ろ・は」

一度は読んでおきたい日本文化の粋。基礎知識を得れば、初心者でも大丈夫。雅《みやび》の世界に遊び、豊かな情感に心を熱くしてください。

知識ゼロから読み始めるために

千年前には書かれていた古典の代表

『源氏物語』が書かれたのは、およそ千年前。くわしくは不明ですが、『紫式部日記』に、寛弘五年（一〇〇八年）の十一月のできごととして、代表的な文化人の藤原公任《きんとう》が紫式部に、「あなかしこ。このわたりに、若紫やさぶらふ」（もしもし、このあたりに、若紫のような可憐《かれん》な少女はいませんか）と言ったという記述があることから、この時点で少なくとも「若紫」巻は世間に知られていたことが推測されます。

帝でいえば三代にわたって展開する物語は、五十四帖から成る長編。男女、親子の情愛と相克《そうこく》、人間の宿命を描いた内容には、時代を超えた普遍性があります。日本古典文学の最高峰とされるばかりか、世界に誇る傑作として評価されています。

平安時代の主な古典文学

- **古今和歌集**　九〇五年に醍醐《だいご》天皇の命により編纂された最初の勅撰《ちょくせん》和歌集。九世紀以来の約千百首を収める。撰者は紀貫之《きのつらゆき》ら。
- **竹取物語**　十世紀はじめごろに書かれた最古の物語。かぐや姫の話で、物語の祖といわれる。
- **伊勢物語**　十世紀なかばごろに成立した最初の歌物語。在原業平《ありわらのなりひら》の伝承をもとにしている。
- **土佐日記**　九三五年ごろ紀貫之によって仮名文字で書かれた最古の日記文学。
- **蜻蛉日記**　十世紀末ごろ藤原道綱《ふじわらのみちつな》の母によって書かれた日記文学。女の人生史を描いた。
- **枕草子**　一〇〇〇年ごろ清少納言《せいしょうなごん》が書いた、最古の随筆集。
- **更級日記**　十一世紀なかば菅原孝標《すがわらのたかすえ》の娘が書いた日記文学。自分の人生を回顧している。

大きく三部に分ける

『源氏物語』は全部で五十四帖ですが、登場人物や主題から、三部構成と見るのが一般的です。

第一部

桐壺（きりつぼ）
帚木（ははきぎ）
空蝉（うつせみ）
夕顔（ゆうがお）
若紫（わかむらさき）
末摘花（すえつむはな）
紅葉賀（もみじのが）
花宴（はなのえん）
葵（あおい）
賢木（さかき）
花散里（はなちるさと）
須磨（すま）
明石（あかし）
澪標（みおつくし）
蓬生（よもぎう）
関屋（せきや）
絵合（えあわせ）
松風（まつかぜ）
薄雲（うすぐも）
朝顔（あさがお）
少女（おとめ）
玉鬘（たまかずら）
初音（はつね）
胡蝶（こちょう）
蛍（ほたる）
常夏（とこなつ）
篝火（かがりび）
野分（のわき）
行幸（みゆき）
藤袴（ふじばかま）
真木柱（まきばしら）
梅枝（うめがえ）
藤裏葉（ふじのうらば）

第二部

若菜上（わかなじょう）
若菜下（わかなげ）
柏木（かしわぎ）
横笛（よこぶえ）
鈴虫（すずむし）
夕霧（ゆうぎり）
御法（みのり）
幻（まぼろし）

第三部

匂宮（におうのみや）
紅梅（こうばい）
竹河（たけかわ）
橋姫（はしひめ）
椎本（しいがもと）
総角（あげまき）
早蕨（さわらび）
宿木（やどりぎ）
東屋（あずまや）
浮舟（うきふね）
蜻蛉（かげろう）
手習（てならい）
夢浮橋（ゆめのうきはし）

源氏物語絵として広く愛好された

『源氏物語』が広く読まれるようになると、場面を絵画で表現した「源氏絵」が登場します。源氏絵は、平安時代後半から作られはじめたとみられます。以後、時代とともにさまざまな作品が作られていきます。

平安・鎌倉時代の初期の源氏絵は、華麗な絵画と長い詞書《ことばがき》が交互に配され、話の筋に沿って展開する絵巻や冊子がほとんどでした。国宝「源氏物語絵巻」は、十二世紀前半の制作とされ、現存最古の源氏絵です。現在では十九場面と断片が残されています。

室町時代以降になると、源氏絵は独立した絵画として鑑賞されるようになります。絵は、扇《せん》面《めん》や色紙などに書かれ、詞書はほとんど省略されました。土佐、狩野《かのう》、宗達《そうだつ》などの各画派は独自の源氏絵を生みだし、源氏物語世界の新しい表現として、人々に愛好されました。

文章は難解だが、深い味わいがある

古くから、人々に愛されてきた『源氏物語』ですが、文章が難解で、読み通すのが難しいともいわれます。

その難解さは、現代人の私たちにとって、当時の言葉で書かれた文章がとっつきにくく、また貴族の風習や社会制度がなじみにくい点にあります。しばしば主語が略され、作中人物の氏名がよくわからないという点も原因となっています。

しかし、原文には独特の言い回しや文章の流れもあり、この物語に独自な想像力をかきたてられるという深い味わいがあります。一度は原文で読んでみることをおすすめします。

風習や行事が今と違う
ましてて宮中の話なので
知識がない

主語が不明
敬語でだれの言動かを
表している

登場人物像が不明
身分で示され本名がない。
年齢もほとんど不明

古語を知らない
辞書をひかないと
わからない語ばかり

源氏香は江戸時代に生まれた

源氏香《げんじこう》とは、江戸時代に成立した香《こう》道《どう》の組香《くみこう》の一つ。五種類の香木を各五片ずつ合計二十五片の中から、無作為に選んだ五つの香を順番に焚《た》き、その組み合わせを当てるというものです。

組み合わせは五十二通りあり、源氏物語の巻名がつけられています（桐壺と夢浮橋を除く）。左図は香の組み合わせを図案化したものの例。現在も着物の模様などに人気があります。

絵合

一番目と四番目、三番目と五番目がそれぞれ同じ香で、二番目が違うことを表す

明石

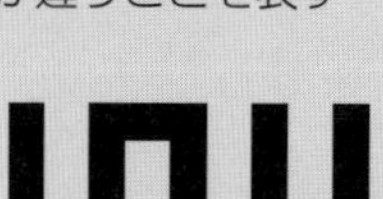

三番目と四番目が同じで、あとは全部違う香

興味をもてそうなところから気の向くままに読んでみる

長編小説である『源氏物語』をすべて読み通すのは難しいもの。昔から、第十二帖の須磨の巻あたりで読むのを断念したり、最初に戻って読み返したりする人も多く、「須磨源氏《すまげんじ》」「須磨還《すまがえ》り」という言葉もあるほどです。

気軽に『源氏物語』を味わうには、まず解説書などで全体の内容をつかんでおき、興味のもてそうな場面などから気ままに読んでみるのもよい方法です。『源氏物語』は、場面単位で構成されているので、どこからでも読み始められます。原文がわからなくても、何度か音読してみると、なんとなく理解できるようになっていきます。

車争いの場から物の怪《け》が現れるところ（葵）

紫の上が亡くなる場面の文章の調子を味わって（御法）

源氏物語から生まれた工芸品

『源氏物語』の内容は、工芸の世界にも盛んに取り入れられました。

特に江戸時代になると、大名の子女の婚礼調度として、源氏物語を蒔絵《まきえ》などで表現した化粧道具や文房具などが作られています。

図案は非常に洗練され、人物を描かずに、周囲の情景やものなどで場面を暗示する「留守文様《るすもんよう》」という手法がとられました。夕顔の花が檜垣《ひがき》に咲いているだけ、門の前に牛車《ぎっしゃ》が止められているなどが、その例です。

現代語訳を読むだけでも十分におもしろい

『源氏物語』を堪能するなら、原文を読むのがいちばんです。語り手が読者に語りかけてくれるという手法で展開される原文には、多面的で重層的な事柄がこめられ、現代文では表現しきれない味わいをもっています。

『源氏物語』は昔から多くの訳本が出されています。全文を訳した逐語訳《ちくごやく》や、話の筋をわかりやすく伝えた意訳、注釈を含む解釈本など、それぞれ特徴があります。ただし多くの古典注釈書は、それじたいが古典。入手困難なものもあります。現代ではさらに読みやすい訳本が多く出版されています。まず一冊読んでみたうえで、原文にあたってみるのも楽しいものです。

手っ取り早く『源氏物語』の世界に入りたいという人には、現代語訳を読むとよいでしょう。たとえば、古典的名訳の、与謝野晶子の訳本は簡潔な意訳であり、谷崎潤一郎の訳本は原文に密着し、きわめて流麗な文体で再現されています。

主な現代語訳の作者・作品

- 与謝野晶子（『源氏物語』）
- 谷崎潤一郎（『源氏物語』、新訳・新々訳）
- 円地文子（『源氏物語』）
- 瀬戸内寂聴（『源氏物語』）
- 田辺聖子（『新源氏物語』）
- 橋本治（『窯変源氏物語』）
- 大和和紀（『あさきゆめみし』）

初心者には大和和紀の『あさきゆめみし』もおすすめ

読みごたえがあるのは、恋愛話だけではないから

『源氏物語』は、光源氏と多くの女君《おんなぎみ》たちとのあでやかな恋愛話が印象的ですが、そればかりではありません。親子の情愛と相克《そうこく》や、貴族政治における勢力争い、越えがたい身分、あるいは生老病死、宿命など多くを描いており、それらは時代を超えて、人生の真実を物語っています。

また、それまでの和歌や物語・伝承などを含みこんでいて、後世にさまざまな影響を与えた文学作品です。平安時代の雅《みやび》な芸術や衣装などを知る資料としても、注目すべきものでしょう。『源氏物語』は成立以来、多くの芸術や文化を生み出しています。そして今なお注目されるのも、人物の精緻《せいち》な心理描写と花鳥風月の趣《おもむき》があり、日本人のおおもとにある意識に触れることができるからでしょう。

月下の雪の庭は死を感じさせる不思議な世界（朝顔）

日本の雅な文化にふれることができる（紅葉賀）

作者・紫式部の人生を知ろう

名前も生没年も不明だが出身は受領層

紫式部《むらさきしきぶ》は、生没年がはっきりわからないだけでなく、じつは本名さえ知られていません。紫式部という名は、宮仕《みやづか》えの折の女房名《にょうぼうめい》にすぎないのです。同時代の清少納言《せいしょうなごん》や和泉式部《いずみしきぶ》も同じく女房名で、それが当時の女性作家の普通のあり方です。

紫式部が生まれたのは、諸説がありますが、天延元年（九七三）ごろとする説が、もっとも穏当だとみられます。清少納言よりも後、和泉式部より前に出生しましたが、この三人はともに、一条天皇時代の宮仕えの女房となったのです。

紫式部の父、藤原為時《ためとき》は、中流貴族の階層に属していました。その階層は、国司《こくし》（地方官）を歴任することもあり、受領《ずりょう》層とも呼ばれました。

受領の官位は低くとも、祖先をさかのぼると上流層に連なる家系も多く、詩文や和歌などにすぐれた才能を発揮した人々も少なくありません。また、地方に赴任する経験から、京都市中にとどまっている上流貴族や下層の人々とは違い、世の中の広さや人

為時が一条天皇に送った漢詩文

苦学の寒夜　紅涙は襟《えり》を霑《ぬ》らし
除目《ぢもく》の春朝　蒼天《そうてん》は眼に在《あ》り

「除目」は地方官任命の儀。「天」とは正義のありか、暗に一条天皇をさします。大意は、学問に刻苦精励したにもかかわらず微官にしかつけないとは、春の青空を見上げつつ天なる正義を恨むしかない、となります。

々の生き方をよく見知っていたようです。

父と娘には強い絆があった

彼女は作品（163ページ参照）のなかで母について一言もふれていません。おそらく、記憶にもとどまらない幼少のころ死別したのでしょう。

同じ母から生まれた子として、一人の姉と、惟規《のぶのり》という兄（一説には弟）とがいましたが、式部よりも早死をしてしまいます。しかし、式部は、母親のない家庭で育ったとはいえ、常にふさぎこむ少女ではなかったことが、作品からうかがえます。

父の為時は、すぐれた漢詩文を制作した、当時一流の文人。若く大学に学び、官人になります。後年、大国《たいこく》の越前《えちぜん》の国守《くにのかみ》に任じられたいきさつが『今昔物語集』などの説話集に伝えられています。当初は下国であった淡路《あわじ》の国守に任じられたのですが、為時はこれを不満に思い、一条天皇に直接漢詩文の手紙を送ります。その才能に感動した天皇が、すでに決められていた越前の国守と交替させたのです。

紫式部は、文人官僚としての父為時の生き方とじかに向きあっていたのでしょう。幼いころから母の懐《ふところ》のぬくもりを知らぬためもあり、常の娘とは比較できないほど、父と娘はきわめて強い絆《きずな》でつながれていたと思われます。

大人になるにつれ、父親の官界での浮沈を自分のことのように受けとめ、その悩み、苦しみ、喜びを

なにをおっしゃる聞きおよんでおりますよ
麗景殿の女御の妹君や（花散里）
式部卿の宮の姫君（槿の宮）

おおむね受領の家庭には、経済的な余裕もあり、文化的な教養も重んじられ、自由な雰囲気だったようだ。物語中「雨夜の品定め」でも、受領の家々には個性的な魅力ある娘たちが育まれていると述べられている。紫式部をはじめとして、この時代の女性作家のほとんどが、受領層の出身であったことに、特に注目される

父と分かちあっていたにちがいありません。

父と娘の強靭《きょうじん》なつながりは、父の文人的な教養をも、娘へ自然に吸収させることになったのでしょう。少女時代、父から漢籍の手ほどきを受ける兄の惟規よりも、近くで聞いていたこの娘のほうが先に覚えてしまったというのです。父は、この娘《こ》が男でなかったのを悔やんだのでした。

当時、女には漢学的な教養が不要、むしろその学習が制止されていました。式部は長年にわたって不要な教養を身につけたわけですが、それが文学的な想像力を広げる、かけがえのない力になったことはいうまでもありません。『源氏物語』には、数多くの中国古典もさりげなく引用されているのです。

父と同行し、越前へ

父為時が越前の国守として赴任した時、娘の紫式部も同行します。長徳二年（九九六）の晩秋のころでした。夏という説もあります。

この時、式部は独身で二十四歳、普通ならば主婦としての貫禄を発揮しはじめる年齢です。この同行は、老齢となった父の身辺の世話のためと思われます。そもそもこの娘がいまだに独身を続けているというのは、母親不在の家庭にあってしだいに主婦代わりになっていたからにちがいありません。

式部にとって、この越前行ははじめての大旅行でした。『紫式部集』の歌々には、ところどころでの旅懐が美しく表現されています。

しかしこれは、父娘の遊山《ゆさん》の旅ではありません。旅のつかの間の楽しさのあとには、鄙《ひな》の不自由な生活が待ち受けているのです。越前国は、冬はめっぽう寒く、暗い北陸の地です。そのころの厳冬に閉じこめられる、憂鬱な気分を詠んだ歌が『紫式部集』にいくつも残されています。おのずと都恋しさの思いもつのってきます。

それからほぼ二年後、式部はにわかに父をおいて、ひとり帰京してしまいます。

紫式部の作品

『紫式部集』
自作の和歌を集めたもの。

『紫式部日記』
宮仕えの体験や感懐を記したもの。

「百人一首」でも知られる一首

めぐりあひて見しやそれともわかぬ間に
雲がくれにし夜半《よは》の月かげ
（「百人一首」では「月かな」）

文意

幼な友だちとの久方ぶりの再会も、雲間に隠れてしまう月のようにあわただしく帰ってしまった

友も同じく受領の娘であるらしく、地方赴任の父にでも伴われて、長期間都を離れていたのでしょう。つかの間の再会は、うれしくも悲しいが、この歌には、逢うては別れる人の世のならいも言いこめられているでしょう。それは、受領の子女ならではの感覚です。

結婚。しかし夫とは早くに死別

式部が単身帰京したのは長徳四年（九九八）春。結婚を決意したからです。相手は藤原宣孝《のぶたか》という人物。彼は地方官をも歴任した中流層の人で、身分的にはほぼ似合いといってよいでしょう。

しかし年齢はすでに中年を過ぎていて、先妻との間には式部と同年輩の長男隆光《たかみつ》がいるほどです。

式部がなぜこの親子ほどの年齢差を超えて宣孝の妻におさまることになるのか、具体的にはわかりません。しかし『紫式部集』からは、京の宣孝と越前の式部との間に往復書簡が交わされたこと、さらに以前の在京時期にもそうした交流があったらしいことが知られます。おそらく、いまは遠く隔たった都の宣孝から寄せられる求愛の歌文が、北国のわびしい風土で孤独な寂しさをかみしめる式部の心をゆさぶったにちがいないと想像されるのです。

その結婚は、帰京の年の晩秋のころだったとみら

れます。通説によれば、二十六歳の年、当時としては晩婚です。

当時は、実家の邸《やしき》で父母の采配《さいはい》があり、もの慣れた女房らに世話されながら新婚生活が営まれるのが普通でしたが、式部は父母のいない実邸で夫を迎える身となりました。

しかし当然、結婚というものの確かな感動も体験したことでしょう。もともと宣孝という人は、派手好みで茶目っ気があり、また悪びれるところのない神経の持ち主でもあったらしく、新婚の妻にはそれなりの感興をおぼえさせたにちがいありません。

しかし時間の経過は、だれもがたどるように、娘時代にいだいた結婚への甘美な夢想や、新婚当初の充実感を、しだいに日常的な無感動へと導くことにもなるのでしょう。時には、夫を不誠実な男として不満に思うこともあったようです。この宣孝には、ほかに女性交渉もあったらしく、式部はそれにも悩まされたにちがいありません。しかし、そうした苦悩が深刻になる前に、あまりにも早く夫に死がやってきてしまったのでした。

式部は、結婚のわずか三年後に、夫の宣孝と死別したのでした。長保三年（一〇〇一）四月二十五日、当時流行した疾病のための突然の死ということです。夫を失った式部は、生まれてまもない女児をひとりで育てていかなければならない、きびしい人生を生かされることになったのです。

人生の機転となった「物語制作」

夫と早くに死別するという不幸な事件は、じつは、後に彼女を物語の制作に導くひとつのだいじな契機になったとも考えられます。『紫式部集』に残されている当時の歌々によれば、亡き夫への哀悼や追慕の情、あるいは幼い遺児への慈愛や不安感など、妻として母として当然いだくはずの感懐が詠み出されているだけではなく、やがて自分の存在を見つめなおし、さらに人生や人間世界の何であるかを思念し

宇治川のほとり
にある紫式部像

石山寺（滋賀）で
紫式部は『源氏物
語』の構想をねっ
たといわれる

始めたことが、わかります。

夫の死別という個人の不幸をきっかけに、広く人間とは何かを考えはじめたのです。やがてそこから、もうひとつの世界としての物語を制作するという試みがなされたにちがいありません。

『紫式部集』には、夫との死別から宮仕えに出るまでの四、五年を回想した一節があります。それによれば、当初は所在ない物思いにふけるばかりで、いよいよ将来への不安感をつのらせるばかりだったが、やがて自分は物語を書いて親しい人々に読んでもらって親密な連帯感をもつようになり、それが自分を生きがたい憂愁から救ってくれた、とあります。

一〇〇八年にはあった『源氏物語』

この時期に制作された作品が、現在われわれが見ている『源氏物語』五十四帖全部であるとは思われませんが、部分的に世間に広まったその物語が、彼女の才女としての噂を世間に広めることになったのでしょう。そして、一条天皇の中宮、彰子《しょうし》（藤原道長《みちなが》の娘）に仕える女房に、と望まれたのも、その高い声望があったからと思われます。

さらに『紫式部日記』の寛弘五年（一〇〇八）の秋の記事によれば、当時の一流の文化人であった藤原公任《きんとう》が、彰子中宮のもとで宮仕えをしていた紫式部に向かって、このあたりには、あなたが物語に書いた可憐な少女、若紫《わかむらさき》の君のような人物はいないのですか、と尋ねたとあります。このことから、この時点までに確実に「若紫」巻が書かれて世間に流布していたことが知られるのです。

また、その年の終わりごろ、出産をすませた彰子中宮が実家から宮中に帰還するのに際して、『源氏物語』とおぼしき物語の冊子を持参しようと、幾人もの女房たちに書写させた、とも記されています。

この一件も、この物語のある部分が成立していたことを意味するでしょう。しかし、それ以上のことを類推できる客観的な記述は他にありません。

一条天皇の時代に宮仕え

紫式部が一条天皇の中宮、彰子のもとに女房として出仕したのは、寛弘二年（一〇〇五）の暮れの十二月二十九日。一説には翌年同月同日ともされます。夫との死別から四、五年後になります。彰子中宮の父は藤原道長。摂関勢力を強めてきた藤原家の、最大の権勢を誇っている人物です。

紫式部の宮仕えは、自ら求めての出仕ではなく、おそらく、権勢家道長あたりの要請に応じて決心したのでしょう。そのころには、すでに『源氏物語』の作者として才女ぶりが世に知れわたっていたからと考えられるからです。

式部はこの宮仕えの場で、はじめて家庭を離れ、いわば公的な社会とじかにふれあうことになります。中宮を頂点にきびしく秩序づけられた一条天皇の後宮《こう》《きゅう》という現実、その社交の場に出入りする多くの貴顕《き》《けん》たち、同僚の女房たちのさまざまな個性。やがて、親しい女房仲間との連帯感も生じるようになります。

式部はこうした華麗な宮廷生活を通して、当然のことながら、道長をはじめとする世の権勢家にも接することにもなります。

物語で創《つく》られた虚構の確かさを、作者は逆に、宮仕えの場で追体験し実証することにもなったはずです。その誇ってしかるべき自分の確かさが、それ以後の物語制作の何よりの根拠になったにちがいありません。作者の目は、現実と虚構の往還によって、いよいよ冴《さ》えを深めることになったのでしょう。

聞くがよい 今後 更衣に 害をなす者が あらば……
その者は 今上たる わたしに 害をなすと 知れ！
御子……！

もとより紫式部は物語のはじめの「桐壺」巻で、桐壺帝の後宮内の人間関係のありように、人間の心の機微をとらえ、さらにそこに世の権勢のしくみをさえ引き寄せて、人間の世界の真実をみごとに見抜いてみせた

没年も不明、四十二歳ごろか

式部の宮仕えの後半からの晩年については、はっきりしません。寛弘八年（一〇一一）、一条天皇が崩御《ほうぎょ》しました。彰子中宮が琵琶殿《びわでん》に移るのにしたがって、式部もまた彰子側近の女房として移ります。その宮仕えが長和二年（一〇一三）の秋まで続いたことは確実ですが、その後の消息がつかめません。おそらく翌長和三年春ごろ死去したのではないか、とする説が有力です。通説では四十二歳が没年。当時としても早逝《そうせい》です。

また、父の為時は同年六月、官半ばにして任地から帰京。二年後には三井寺《みいでら》で出家してしまいました。娘の死の悲嘆に耐えがたかったのでしょうか。

なぜ「作り話」がおもしろいのか

物語には人生の真実がある

物語の作者は「蛍《ほたる》」巻で、物語とは何か、を光源氏に語らせています。もちろん、作者の考える物語とは何か、という主張です。

これによれば、物語とは、人間の生きる姿への深い感動を後世にまで伝えようとするもの、そして物語の作り話（虚構）は、世の中の単なる事実の羅列《られつ》などよりも、かえって人間や人間世界の深い真実をさぐりあてることができる、という主張です。この考え方は、物語を女性や子どもの慰みものぐらいにしかとらえない当時の常識をはるかに超えています。『源氏物語』という物語作品は、何よりも、世の中の深い真実をはらんだ作り話として、物語の虚構が巧みに仕組まれている点に、その最大な特徴があるのです。作者の紫式部は、この虚構の原理に立って、自分自身の生きる現実とは別個の、物語という架空の世界を作り出したことになります。じつは、そのことによって、かえって作者身辺の事実などよりも、人間や人間世界の深い真相がさぐり出されているのです。

光源氏を理想像にしたのは

作者はその虚構のために、光源氏という主人公を創り出したのです。彼は、すべてに卓越した資質と多感な性格として、その人物像が創造されました。

そのことじたいは現実にありえない絵空事《えそらごと》のように見えながらも、物語の実際の場面では人間世界の深い真実を帯びて迫ってくるのです。

たとえば、孤児同然の皇子が政敵ににらまれなが

諸道に優れ、容姿も光り輝く美しさ

光源氏の語る物語論

いつはりどもの中に、げにさもあらむとあはれを見せ、（作り話のなかに、本当にそうだと人の感動するところを言い表して）

これらにこそ道々《みちみち》しくくはしきことはあらめ（多くの物語にこそ、人間の情理についてくわしく述べているようだ）

ひたぶるにそらごとと言ひはてむも、事の心違《たが》ひてなむありける（嘘だと言い切ってしまうのも、物語の本質とは違ってくるのだ）

「蛍」巻より抜粋

らも無事に成長することができたのは、この世のものとも思えない魅力ある美しさが、周囲に同情と共感を呼びおこしたからです。じつは、そのことを通して、宮廷社会のきびしい現実が証《あか》されているともいえるでしょう。

このような物語主人公としての光源氏の、抜群の資質と多感ぶりが、絶対的な魅力となって、しばしば人々の魂を奪うかのように他者の共感を呼んで、さまざまな彼の女性関係を吸引していくのです。

主人公としての光源氏の設定は、物語の世界が多岐にわたる人間関係を構成して、さまざまな人間模様をゆたかに形づくるための虚構のかなめになっているのです。

光源氏こそ、この作者の創造による、物語上の無類の理想像だともいえるでしょう。

京の都に『源氏物語』をたずねて

物語の舞台となった場や、光源氏のモデルの一人ともいわれる源　融《みなもとのとおる》の旧跡などが、見どころです。

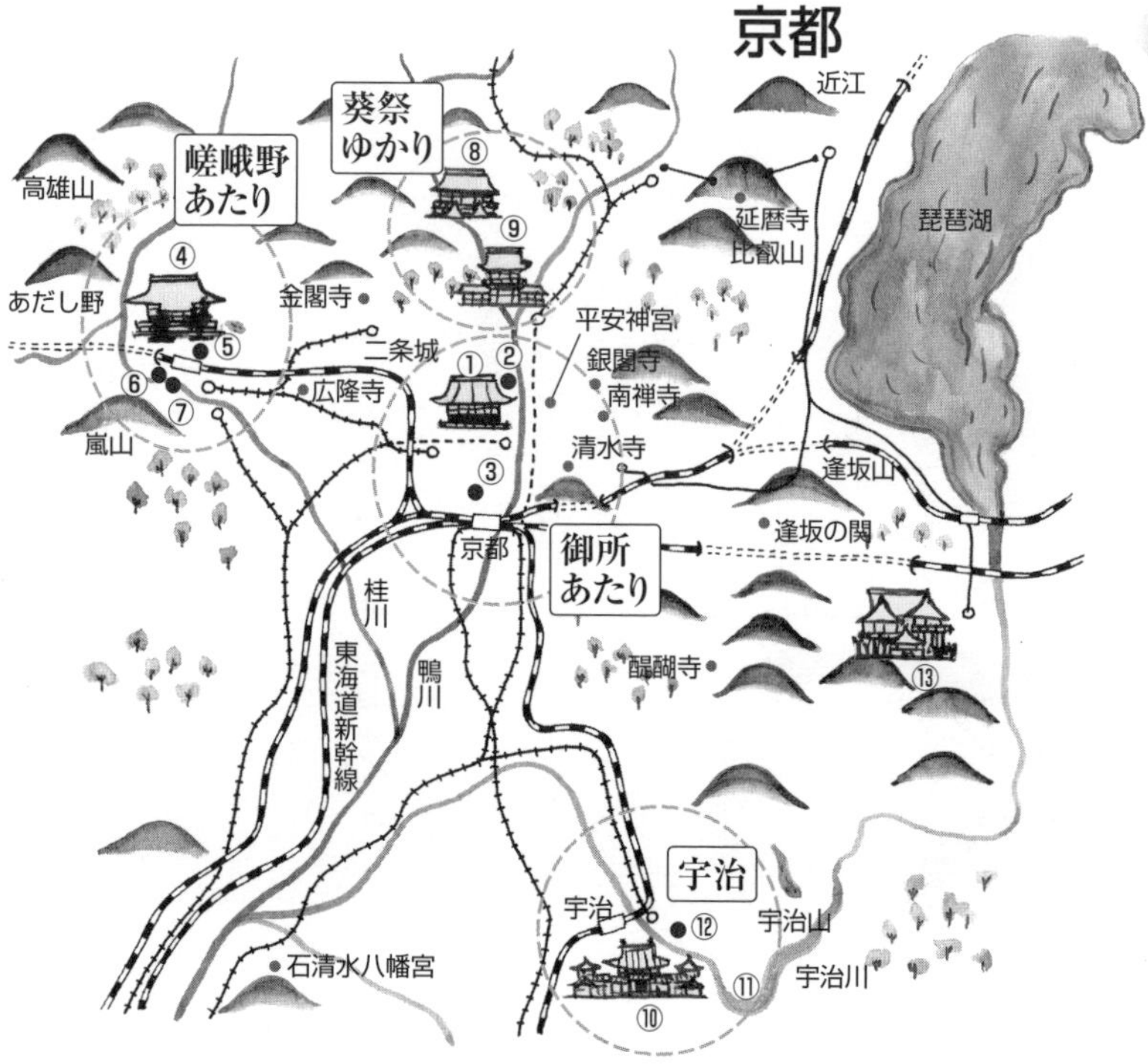

①京都御所…物語のはじまりの場
②盧山寺《ろざんじ》…紫式部の邸《やしき》あと
③渉成園《しょうせいえん》…源融の邸「六条河原院」の旧跡とされる
④大覚寺《だいかくじ》…源融の父、嵯峨天皇の離宮
⑤清涼寺《せいりょうじ》…源融の山荘のあと
⑥野宮《ののみや》神社…伊勢下向の六条御息所との別れの場
⑦嵐山公園…明石の君が娘と別れた地
⑧上賀茂神社…葵祭の舞台
⑨下鴨神社…葵祭の舞台
⑩平等院…源融の別荘、藤原道長が受け継ぐ
⑪宇治川…浮舟が入水しようとした川
⑫源氏物語ミュージアム…源氏物語関連を展示
⑬石山寺…紫式部が構想をねったと伝承されてきた

御所あたり

光源氏が生まれ育ち、物語の舞台となった御所。今でも多くの人が訪れます。

京都御所

内裏《だいり》ともいわれる天皇の住居

緑に囲まれ、荘厳で雅《みやび》な雰囲気

歴代天皇が政治を行なった紫宸殿《ししいでん》。見学には事前申し込みが必要

廬山寺

紫式部の邸宅址。藤原宣孝との結婚生活をここで送り、娘（大弐三位《だいにのさんみ》）を育て、源氏物語もここで執筆した

入場券

渉成園

平安時代前期の左大臣、源融の六条河原院跡とされた（現在は別の場所だったという説も有力）。風雅な園内を訪れる人は絶えない

葵祭ゆかり

現在、五月中旬に上賀茂神社、下鴨神社をあわせて葵祭が開催されます。源氏物語のなかでも有名な車争いは、この葵祭での出来事です。

平安時代の趣をそのまま伝える葵祭。行列は京都御所から下鴨神社、上賀茂神社へとすすむ

上賀茂神社

下鴨神社

祭に先んじて行なわれる御禊《ごけい》の行列に、源氏が供奉《ぐぶ》することになった

京都の三大祭り

葵祭のほか歴史ある二つの祭礼を加え、京都観光協会では京都三大祭としています。

●祇園《ぎおん》祭　七月十五～十七日ごろが中心
八坂神社の夏祭りで、疫病退散を祈願して始まりました。祇園囃子《ばやし》の響きと山鉾《やまほこ》巡行が特徴。多くの観光客で賑わいます。

●時代祭　十月二十二日
平安遷都一一〇〇年を記念して、一八九五年に平安神宮が創建され、それにともなう行事として始まりました。平安時代以来の文化・伝統を今に伝えます。

平安絵巻を展開する

嵯峨野あたり

秋の嵯峨野は、心にしみる風景。娘とともに伊勢に向かう六条御息所が、光源氏と感動的に別れた地です。

野宮神社
斎宮はここで潔斎《けっさい》したのち、伊勢に入った。今は縁結びの神として有名

清涼寺
もと源融の山荘。光源氏は紫の上を亡くしたあと、ここで出家したともいわれる

宇治

宇治十帖の舞台となった地。現在は平等院付近が世界遺産に登録されています。

宇治川
心なしか川の流れが暗く見えるが、桜の観光名所でもある

宇治橋のたもとには、源氏物語をもとにした浮舟と匂宮の像が。後ろの屏風《びょうぶ》は薫のかいま見の模様

平安時代・貴族の暮らし

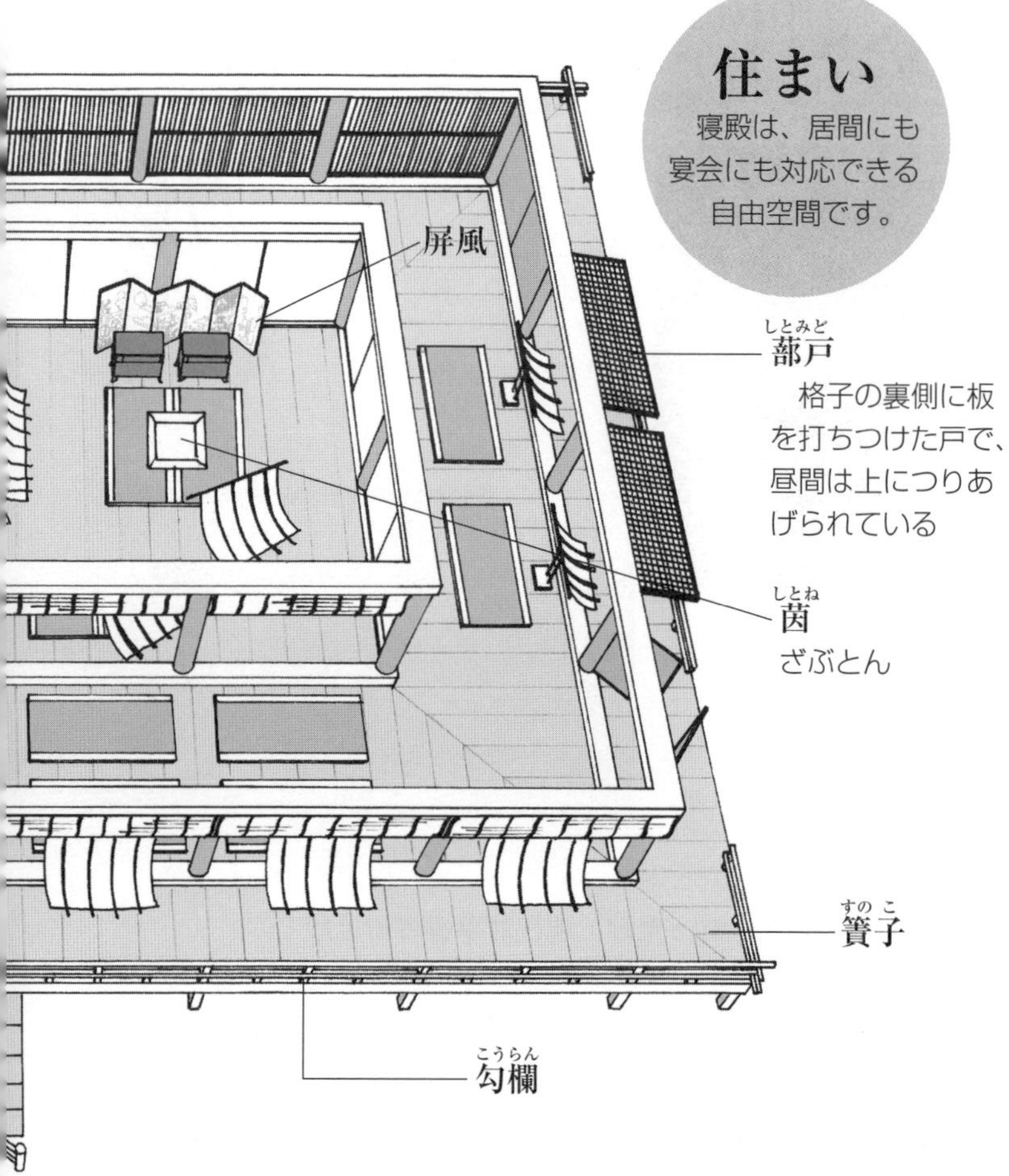
住まい
寝殿は、居間にも
宴会にも対応できる
自由空間です。
屛風
蔀戸《しとみど》
格子の裏側に板
を打ちつけた戸で、
昼間は上につりあ
げられている
茵《しとね》
ざぶとん
簀子《すのこ》
勾欄《こうらん》

板敷の床に畳が置かれている

平安時代の貴族は、寝殿造りといわれる様式の邸宅に住んでいました。寝殿造りは、中央に主人が暮らす寝殿があり、左右や後方にある対屋《たいのや》と呼ばれる建物と、渡殿《わたどの》という渡り廊下で結ばれているという構造です。

寝殿の内部は、板敷の床に畳が置かれただけの空間。その周囲にめぐらされた廂は、接客用として、あるいは侍女が使用する部屋として使われていました。

手洗いや入浴は、渡殿に屛風を立ててその場をつくりました。

寝殿の内部

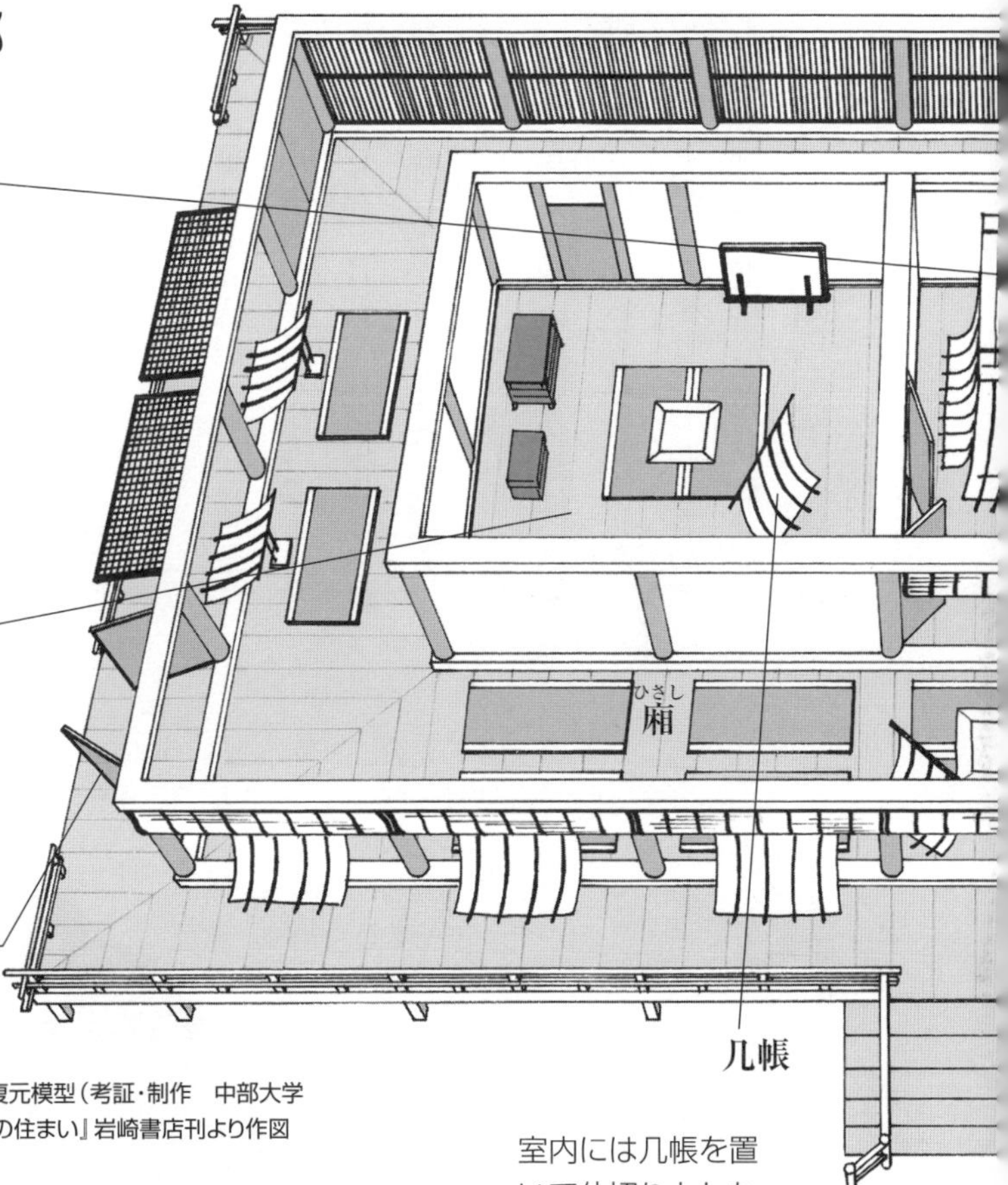
御帳台《みちょうだい》
主人の寝所。ござや畳が敷かれ、周囲に帳《とばり》をたらし、天井をつけている
塗籠《ぬりごめ》
周囲を土壁で塗りこめ、貴重品をしまった閉鎖的な空間
妻戸《つまど》
廂《ひさし》
几帳

寝殿造の建物の内部の復元模型（考証・制作　中部大学池浩三研究室）『日本人の住まい』岩崎書店刊より作図

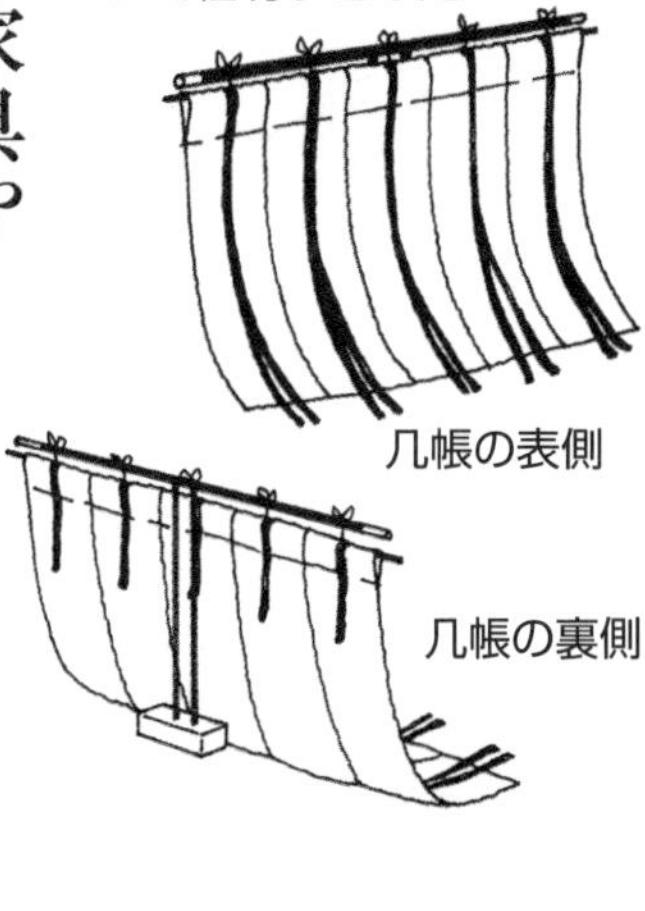
几帳の表側
几帳の裏側

室内には几帳を置いて仕切りとした

家具や調度類を置いていた

仕切りのない寝殿造りの内部は、使い勝手が自在。用途に合わせて屏風や几帳《きちょう》で仕切り、家具や調度を置いていました。

倚子《いし》などの腰掛けや長机の台盤《だいばん》、厨子《ずし》や唐櫃《からびつ》といわれる収納用具、火桶《ひおけ》、炭櫃《すびつ》といった暖房器具、燭台、鏡台など、一定のしきたりにのっとって置かれていました。

たっぷりとした豪華な衣裳

平安時代は、大陸風の衣裳が国風化した時代。この変化の背景には、日本の高温多湿という気候が関係し、すそを長く、身幅や袖が広い、たっぷりとした仕立てになったといわれます。

当時の男性の貴族の正装は「束帯《そくたい》」で、朝廷の儀式や行事に出るときに身につけました。日常や社交用には「直衣《のうし》」を、狩に出かけるときや普段着には「狩衣《かりぎぬ》」を身につけました。

朝廷に仕える位の高い女性は、「裳《も》唐衣姿《からぎぬすがた》」といわれる正装をしました。これはのちに十二単《じゅうにひとえ》といわれるものです。袿《うちき》を何枚も重ね、えりや袖口、すそからのぞかせる配色を競う「襲《かさね》」の文化が生まれました。

束帯

貴族の正装。上着の袍《ほう》は、位によって色が異なり、十世紀ごろから四位以上は黒、五位は緋《ひ》、六位は浅葱《あさぎ》と決められていた。すそをひく裾《きょ》は、官職によって長さが異なる

直衣

貴族の日常着。束帯との違いは、上着の袍のかわりに直衣をつけ、下袴《したばかま》はすそがくくれる指貫《さしぬき》になった点で、いくらか活動しやすくなっている

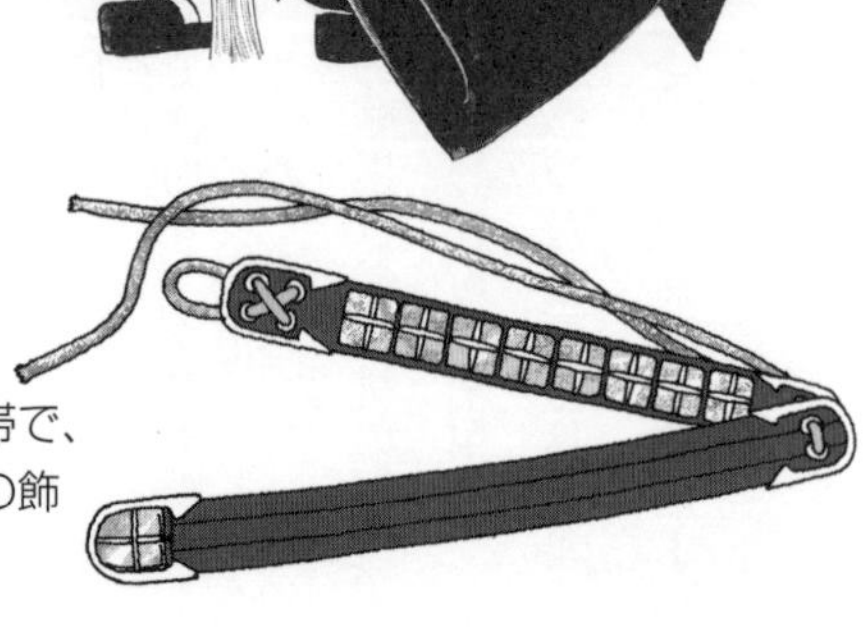

石帯《せきたい》

袍の腰を締める帯で、革に玉やめのうの飾りがついている

美人の条件は豊かな黒髪

平安時代の美人の条件のひとつは、豊かな黒髪でした。薄暗い屋敷のなかで御《み》簾《す》ごしに見るつややかな髪は、女性の美しさの象徴でした。

衣裳

日本の気候に合わせ、貴族の衣裳もゆったりと仕立てられています。

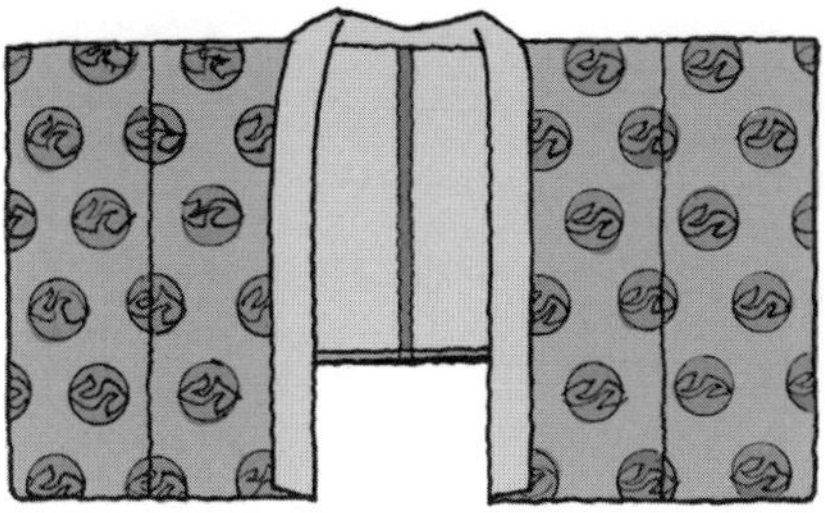

唐衣

女房装束の正装の上着で、重ねた袿の上に着用

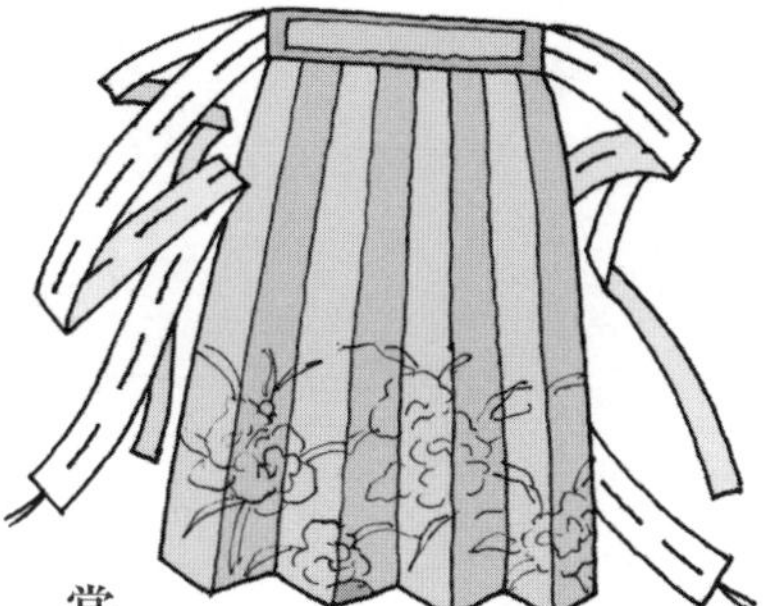

裳

女房装束の正装で、後ろに長く引いて着用した

十二単

えりや袖口、すそから重ねた着物の配色を見せ、季節や趣味、身分などを表した。ふだんは裳と唐衣をつけていない

平安時代・貴族の一生

誕　生

当時、出産はけがれと考えられ、衣服や几帳、屏風など白一色にした産屋や産室を設けて、出産しました。出産時に死亡する妊婦も多く、高僧らが安産祈願のための加持祈祷《かじきとう》を行ないました。

無事に出産がすむと、新生児に産湯を使わせる「湯殿始《ゆどのはじ》めの儀《ぎ》」が一日二回、七日間行なわれます。

誕生後三、五、七、九日目の夜は、「産養《うぶやしない》」という祝宴を催します。親類縁者が衣類、調度、食物などを贈り、とくに七日はもっとも格の高い者が祝うことになっています。

五十日《いか》の祝い

生後五十日目には「五十日の祝い」を行ないます。皿や箸台など、雛《ひな》遊びのような小さな食膳をそろえて、子どもの口に餅を含ませる真似事をします。

明石の姫君の五十日の祝いのときには、源氏が祝いの品々を贈りました。

薫が生まれたときには、源氏が餅を含ませる役割を果たした

遊び

老若男女が楽しんだのは、碁《ご》や双六《すごろく》など。碁や双六は、すでに中国から伝わっており、貴族の間で親しまれていました。

また、女性の間で行なわれたのは貝合《かいあわせ》です。描かれた絵を手掛かりに貝をもとの形に合わせる遊びで、貝に絵や歌をほどこし、美しさを競いました。

絵は二枚一組になっている

袴《はかま》着《ぎ》

初めて袴《はかま》をつける儀式で、男女ともに三歳から六、七歳のころに行なわれました。親族のなかで尊貴《そんき》の者が袴の紐《ひも》を結びます。装束や馬などが献上され、子ども用に作られた小さな屏風や脇息《きょうそく》、硯箱などがそろえられました。儀式の後、祝宴、管弦の遊び、詠歌があり、引き出物が配られます。

源氏の袴着は三歳。第一皇子にも劣らない盛大さでした。明石の姫君の袴着は、姫君のことを公表する意図によって二条院で行ないました。

元服、裳着《もぎ》

元服は、男子の成人の儀式で、成人の証である冠《かんむり》を初めてかぶります。十一〜二十歳の間に行ないますが、帝、東宮、親王の場合は十七歳ごろまでにすませるのが通例です。

裳着は、女子が初めて裳をつける成人の儀式。十二〜十四歳ごろに行なわれ、結婚相手が決まっていたり、結婚の見込みがあるときに行ないます。腰結《こしゆい》という裳の紐を結ぶ役は、尊貴の人望のある人がつとめました。

明石の姫君の腰結役は秋好中宮。この裳着のすぐあとに入内《じゅだい》となった

教養

皇族や貴族の男子には、漢籍や漢詩の教養が不可欠でした。七〜十一歳には「読書始《ふみ》め」という儀式が行なわれ、博士らに史記などの漢籍の一節を読ませます。

また、宮中の催しをこなしていくため、和歌や管弦、舞楽などにも通じていることが望まれました。

女子には、第一に書、ついで琴、さらに和歌について学ぶことが課せられ、特に入内するような高貴な女性には必須の教養とされました。一般の貴族の女性も、和歌を重視していました。

恋愛

八の宮が留守のとき、薫は姫君たちをかいま見る

八の宮の
姫君たちが
これほどとは……

貴族の女性は、ふだんは几帳や御簾の奥に隠れて、人に姿を見られることはありません。こうした女性を、男性が恋の相手として選ぶのは、「あの人は美しい」「教養が深い」という噂。琴の演奏や、筆跡の美しさに惹かれて求愛することもあります。

また、何かの拍子に、男が女の姿をかいま見したというのも、『源氏物語』に多くみられる恋の発端です。

御簾《みす》の奥にいる女性と恋に落ちるには、手引きをする人が必要で、そばに仕える女房や、女性の身内を手なづける例も。交際は、男が、薄様《うすよう》の鳥《とり》の子紙に手紙を書き、それを花に結んで贈ります。女性が気に入れば、手紙のやりとりがすすみ、やがて逢瀬を重ねることになります。

結婚

当時の結婚は一夫多妻。身分に合った結婚を重んじたため、いとこ同士やおじと姪《めい》など、近親者の結婚も多くありました。また、政略結婚も多く、とくに皇室との結婚により、家の権勢を得ようとする風潮がありました。

結婚の手順は、まず、男が仲立ちを立てて、女の家に和歌を送り求婚します。女の親などから許されると、男は、三晩続けて通います。男は夜明け前に帰ることになっていたため、おたがい相手の顔がわからないこともありました。三日目の夜には、「露顕《ところあらわし》」といい、女の家で祝いの宴が開かれますが、このとき初めて世間にお披露目すると同時に、おたがいに顔を知るということもあります。また、新郎新婦には「三《み》日夜《かよ》の餅」が出されます。

基本的に、男が女のもとに通う通い婚ですが、数カ月または数年後には、女が男方に迎え入れられ、ともに暮らすという形になります。

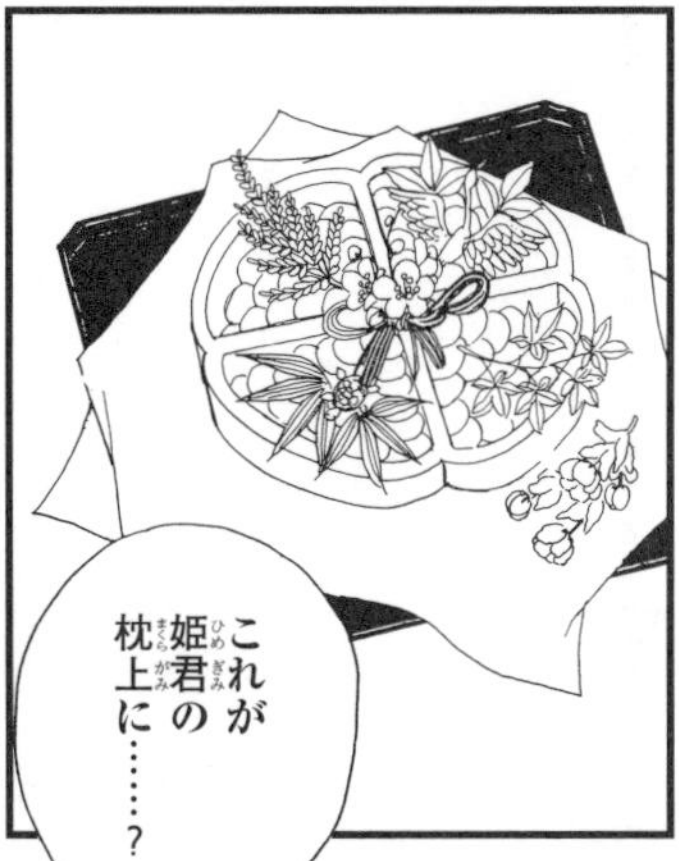
これが
姫君《ひめぎみ》の
枕上《まくらがみ》に……？

紫の上との新枕《にいまくら》には、源氏自ら三日夜の餅を用意した

まあ……おかくしにならなくても
わたくしと源氏の君の仲で……

源典侍は五十歳代でも老女

長寿の祝い

平安時代では、「算賀《さんが》」といい、長寿を祝い、またさらに長寿を祈願する行事が行なわれました。

四十歳から十年ごとに行ない、四十歳で行なうのを四十の賀、五十歳で行なうのを五十の賀といいます。当時の平均寿命は約三十八歳と推測されるため、四十歳は立派な長寿ということになります。源氏の四十の賀は、玉鬘、紫の上、秋好中宮、冷泉帝それぞれを主宰者として、一年をかけて盛大に催されました。

病

病気の多くは、物の怪《け》のしわざとされていました。物の怪とは死霊《しりょう》、生霊《いきりょう》の類で、人にとりついて、人を病気にし、ときには死に至らしめると考えられていたのです。

病気から回復するには、加持祈祷によって物の怪を除くことが第一とされ、密教の行者《ぎょうじゃ》と仏教の僧が一体となって、病人にとりついた物の怪を憑《よ》りましとよばれる女に移し出し、これを調伏《ちょうぶく》します。

物語では、葵の上の出産前に、入念な祈祷が行なわれ、ついに六条御息所の生霊が姿を現す場面があります。また、紫の上の危篤のときには、修験者《しゅげんじゃ》たちが死力をつくして加持を行ない、紫の上は死の淵から蘇生しています。

死

当時は、息が絶え、体が冷えきり、死相が現れると、死が確認されました。死が確認されても、すぐには棺に納めず、蘇生を期待して、しばらく遺体をそのままにしておいたといいます。

葬送は夜間、親族や会葬者が墓所まで棺を運ぶ「野辺送《のべおく》り」をし、荼毘《だび》に付したあと、明け方に骨を拾います。物語には、葵の上の葬送の様子が詳しく描かれています。死後七日ごとに法要が営まれ、四十九日の法要はとくに手厚く営まれました。

喪は、喪葬令に規定があり、父母と夫は一年、祖父母と養母は五カ月、妻と兄弟姉妹は三カ月です。喪中は、鈍色《にびいろ》や濃い色の衣を着て過ごします。

平安時代・貴族の一年

平安貴族たちの一年は、さまざまな宮中の年中行事や生活儀礼によって彩られています。ただし行事の名称や日には諸説があり、当時の太陰暦と現在の太陽暦ではズレています。ここでは『源氏物語』に登場する主なものだけを取り上げました。

正月元旦	**朝賀《ちょうが》**	朝拝ともいい、天皇が百官の賀を受けられる儀式。十一世紀以降は儀式を簡略にして行なう小朝拝のみとなった
正月三が日	**歯固《はがため》、餅鏡《もちいかがみ》** **臨時客《りんじきゃく》**	長寿になることを祝う儀式で、歯の根を固めるかたい食物を食す。民間では、鏡餅を神に供え、大根、押しあわび、橙などを食す 大臣邸で、招待なしで年始に訪れた上達部《かんだちめ》たちをもてなすこと
正月初子の日	**子日《ねのひ》の宴**	正月の第一の子の日。小松（芽が食用になる）を引いて遊び、若菜を食す日。もともとは、郊外に出て野遊びをする慣らわし
正月七日	**白馬節《あおうまのせち》会《え》**	天皇が、左右馬寮《めりょう》から出された白馬をご覧になる儀式。白馬を見るとその年の邪気が祓われるという。もともと青毛の馬、十世紀以降白馬となった
正月十四、十六日	**踏歌《とうか》**	地を踏み、歌をうたい、舞をまって豊年、繁栄を祈願する。十四日は男踏歌。十六日は女踏歌。男踏歌は十世紀末に廃絶
三月上巳の日	**上巳祓《じょうしのはらえ》**	三月はじめの巳《み》の日に、人形に身のけがれを移して、これを川や海に流す儀式。現在は三月三日に行なわれる桃の節句

四月八日	灌仏《かんぶつ》	釈迦《しゃか》誕生の祭り。各寺院で釈迦の降誕を祝して仏事を行なう。現在は花祭りともいう
四月中酉の日	賀茂祭《かものまつり》	葵祭ともいう賀茂神社の例祭。宮中から出た行列が下鴨神社から上賀茂神社へと進む（37、172ページ参照）
五月五日	端午《たんご》の節会《せちえ》	宮中を菖蒲で飾り、天皇が武徳殿に出て、近衛府の騎射をご覧になる行事。菖蒲湯、蓬、ちまきには駆魔の力があるとされる
七月七日	七夕《たなばた》	中国の牽牛・織女の伝説に由来し、彦星、織姫を祭る宴が催される
八月十五夜	月見《つきみ》の宴《えん》	仲秋の名月に供え物をする。清涼殿では詩歌管弦の遊びが催される
九月九日	重陽《ちょうよう》の宴《えん》	九の字が重なるめでたい日として、長寿を祝う節句。菊花の節句ともいう。天皇が群臣に宴を催し、作詩を課した
十一月	新嘗祭《にいなめまつり》	天皇がその年の収穫を天地の神にささげ、新しく穫れた穀物を食す儀式
	豊明節会《とよあかりのせちえ》	新嘗祭の翌日に行なわれる儀式で、諸臣が新嘗祭の供物を食す
	五節《ごせち》	豊明節会の席で、五節の舞が行なわれる
十二月	仏名会《ぶつみょうえ》	清涼殿で三日間、行なわれる法会。導師のもと、参列者で仏名を唱え、罪障をざんげする
大晦日	追儺《ついな》	内裏で悪鬼を追い払う儀式。大舎人《おおとねり》のなかから選ばれた体の大きな者が方相氏《ほうそうし》となって、盾《たて》と矛《ほこ》で悪鬼を追い払う。現在は二月三日

物語中での年表（年立《としだて》）

光源氏年齢	帝	巻名	主要事項
1	桐壺帝	桐壺	桐壺更衣、若宮（光源氏）出産。
3			桐壺更衣、死去。若宮退出。
4			春、第一皇子（弘徽殿女御腹、のちの朱雀帝）、東宮となる。
7～11			若宮、読書始。帝、若宮の臣籍降下を決意。藤壺女御として入内。
12			若宮元服。源姓を賜り、光源氏とよばれる。同夜、葵の上と結ばれる。
17		帚木	夏、源氏、頭中将らと女性論（雨夜の品定め）。源氏、空蝉にあう。
		空蝉	源氏、空蝉から拒否される。
		夕顔	夏、源氏、夕顔にあう。秋、夕顔、物の怪に襲われて死去。
18		若紫	春、源氏、紫の上をかいま見。夏、源氏、藤壺と逢瀬。藤壺懐妊。
		末摘花	秋、源氏、末摘花にあう。冬、紫の上を二条院に引き取る。
19		紅葉賀	春、藤壺、皇子（のちの冷泉帝）出産。秋、藤壺、中宮となる。
20～21		花宴	春、源氏、朧月夜の君にあう。藤壺腹の皇子、東宮となる。
22	朱雀帝	葵	夏、車争い。秋、葵の上、出産（夕霧誕生）後、死去。冬、源氏、紫の上と結婚。
23		賢木	秋、六条御息所、野宮での別れ、伊勢に下る。冬、桐壺院死去。
24			右大臣方、外戚として権勢をふるう。冬、藤壺出家。
25		花散里	夏、朧月夜の君との密事露顕。源氏、花散里を訪ねる。
26		須磨	春、源氏、須磨に下る。須磨のわび住まい。

明石　澪標　蓬生　関屋　絵合　松風　薄雲　朝顔　少女　玉鬘　初音　胡蝶　蛍　常夏　篝火　野分　行幸

帝	年齢	出来事
	27	春、大暴風雨に襲われる。源氏、明石に移る。秋、明石の君と出逢う。
	28	夏、明石の君懐妊。秋、源氏、召還の宣旨が下り帰京。
冷泉帝	29	春、朱雀帝譲位。冷泉帝即位。源氏、内大臣に昇進。明石の姫君誕生。
		秋、藤壺、女院となる。源氏、末摘花と再会。源氏、住吉参詣。
		源氏、石山参詣、空蝉一行と会う。冬、六条御息所死去し、娘の後事を託される。
	31	春、梅壺（六条御息所の娘）入内。絵合開催。
		秋、二条東院落成。明石の君・明石の姫君、大堰山荘に入る。
		冬、明石の姫君、実母と別れ紫の上の養女となる。
	32	春、藤壺死去。夏、冷泉帝、出生の秘密を知る。
		秋、源氏、朝顔の姫君に求婚。紫の上苦悩。冬、源氏、紫の上と語りあう。
	33～34	春、夕霧、元服し大学入学。秋、梅壺女御、中宮となる。夕霧と雲居雁の恋。
	35	秋、六条院落成し、女君たち転居。玉鬘、右近と出会い、六条院に入る。
	36	六条院の晴れやかな正月。
		三月、春の御殿の船楽。玉鬘への求婚者が多い。源氏、玉鬘に懸想。
		五月、源氏、兵部卿宮に蛍の光で玉鬘を照らして見せる。源氏の物語論。
		六月、内大臣（前頭中将）、近江の君を引き取り処置に窮す。
		七月、源氏、玉鬘に執心し、悩む。
		八月、野分。夕霧、六条院を見舞った折、紫の上をかいま見る。
		十二月、大原野行幸。
	37	春、源氏、大宮・内大臣に玉鬘のことを明かす。玉鬘裳着。

巻名	帝	光源氏年齢	主要事項
藤袴	冷泉帝	37	秋、玉鬘の尚侍出仕が決まる。
真木柱			冬、鬚黒大将、玉鬘と結婚。鬚黒の妻と娘、父式部卿宮の実家に戻る。
		38	春、玉鬘、尚侍として参内。鬚黒、玉鬘を迎える。冬、玉鬘が男子を出産。
梅枝		39	春、薫物の調製。明石の姫君裳着。東宮への入内準備。
藤裏葉			夏、夕霧と雲居雁結婚。明石の姫君入内。秋、源氏、准太上天皇となる。
若菜上			冬、冷泉帝、朱雀院、六条院に行幸。女三の宮裳着。朱雀院出家。
		40	春、玉鬘、源氏の四十賀を催す。源氏、女三の宮を六条院に迎える。紫の上、苦悩。
			夏、明石の女御懐妊、六条院に退下。夕霧、右大将に昇進。
		41	春、明石の女御、男子を出産。柏木、六条院で女三の宮をかいま見る。
若菜下		42〜45	四年間空白
	今上帝	46	今上帝即位。明石腹の第一皇子、東宮に。紫の上、出家を願う。源氏、住吉参詣。
		47	春、六条院で女楽開催。紫の上発病。夏、柏木、女三の宮と密通。紫の上危篤。女三の宮懐妊。紫の上、小康。源氏、柏木と女三の宮の密事を知る。
柏木		48	春、女三の宮、出産（薫誕生）後、出家。柏木死去。
横笛		49	秋、夕霧、柏木遺愛の笛を贈られる。夕霧の夢に柏木現れる。
鈴虫		50	夏、女三の宮の持仏開帳。秋、冷泉院のもとで月見の宴。
夕霧			秋、夕霧、落葉の宮に恋を訴える。宮の母死去。夕霧、落葉の宮を迎える。
御法		51	春、紫の上、死を思い法華経千部供養。秋、紫の上死去。
幻		52	源氏、紫の上を追壊しつつ、悲傷の一年を過ごす。

匂宮　竹河　橋姫　椎本　総角　紅梅　早蕨　宿木　東屋　浮舟　蜻蛉　手習　夢浮橋

今上帝

薫年齢	
	八年間空白。
14	春、薫元服、侍従となる。秋、右近中将となる。
15〜16	匂宮と薫、「匂ふ兵部卿、薫る中将」と並び称される。
19	薫、三位宰相中将に昇進。厭世的な人柄である。
20	薫、宇治の八の宮と親交。
22	秋、薫、宇治の大君・中の君をかいま見。薫、出生の秘密を知る。
23	春、匂宮、初瀬の帰途宇治に立ち寄り、八の宮の姫君たちを知る。薫、中納言に昇進。
	秋、八の宮死去。冬、薫、大君に意中を伝える。
24	秋、八の宮の一周忌。薫、大君に思いを訴えるが拒否される。匂宮、薫に導かれて、中の君と結ばれる。冬、大君、病にて臥して死去。
25	春、中の君、二条院に移る。秋、匂宮、夕霧の六の君と結婚。中の君苦悩。薫、浮舟の存在を知る。
26	春、薫、権大納言右大将に昇進。薫、女二の宮と結婚。夏、薫、宇治で浮舟をかいま見る。
	浮舟、二条院に預けられる。匂宮、浮舟に言い寄る。秋、薫、浮舟と契る。
27	春、匂宮、浮舟と契る。薫、匂宮と浮舟との仲を知る。浮舟失踪。
	横川の僧都、浮舟を発見し、小野の山里に連れ帰る。浮舟出家。
28	春、薫、浮舟の存命を知る。
	夏、薫、横川の僧都を訪問。薫、浮舟から対面を拒否される。

主な作中人物系図

第一部（桐壺～藤裏葉）

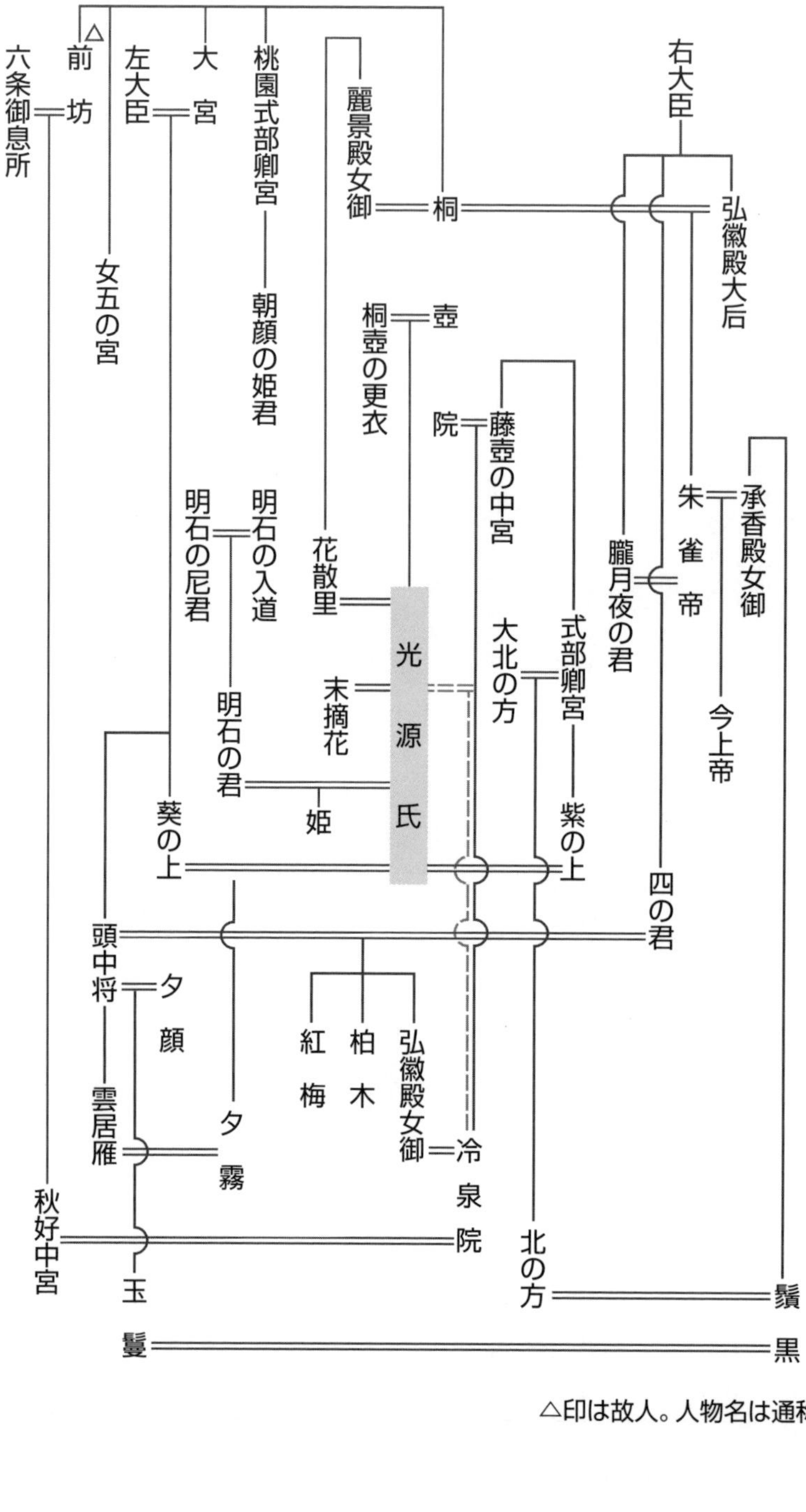
右大臣
弘徽殿大后
承香殿女御
朱雀帝
今上帝
朧月夜の君
四の君
桐
壺
院
麗景殿女御
藤壺の中宮
式部卿宮
大北の方
紫の上
北の方
鬚
黒
桐壺の更衣
花散里
光源氏
末摘花
明石の入道
明石の尼君
明石の君
姫
桃園式部卿宮
朝顔の姫君
大宮
左大臣
葵の上
△
前坊
六条御息所
女五の宮
頭中将
夕顔
雲居雁
夕霧
玉
鬘
秋好中宮
冷泉院
弘徽殿女御
柏木
紅梅

△印は故人。人物名は通称。

第二部（若菜上〜幻）

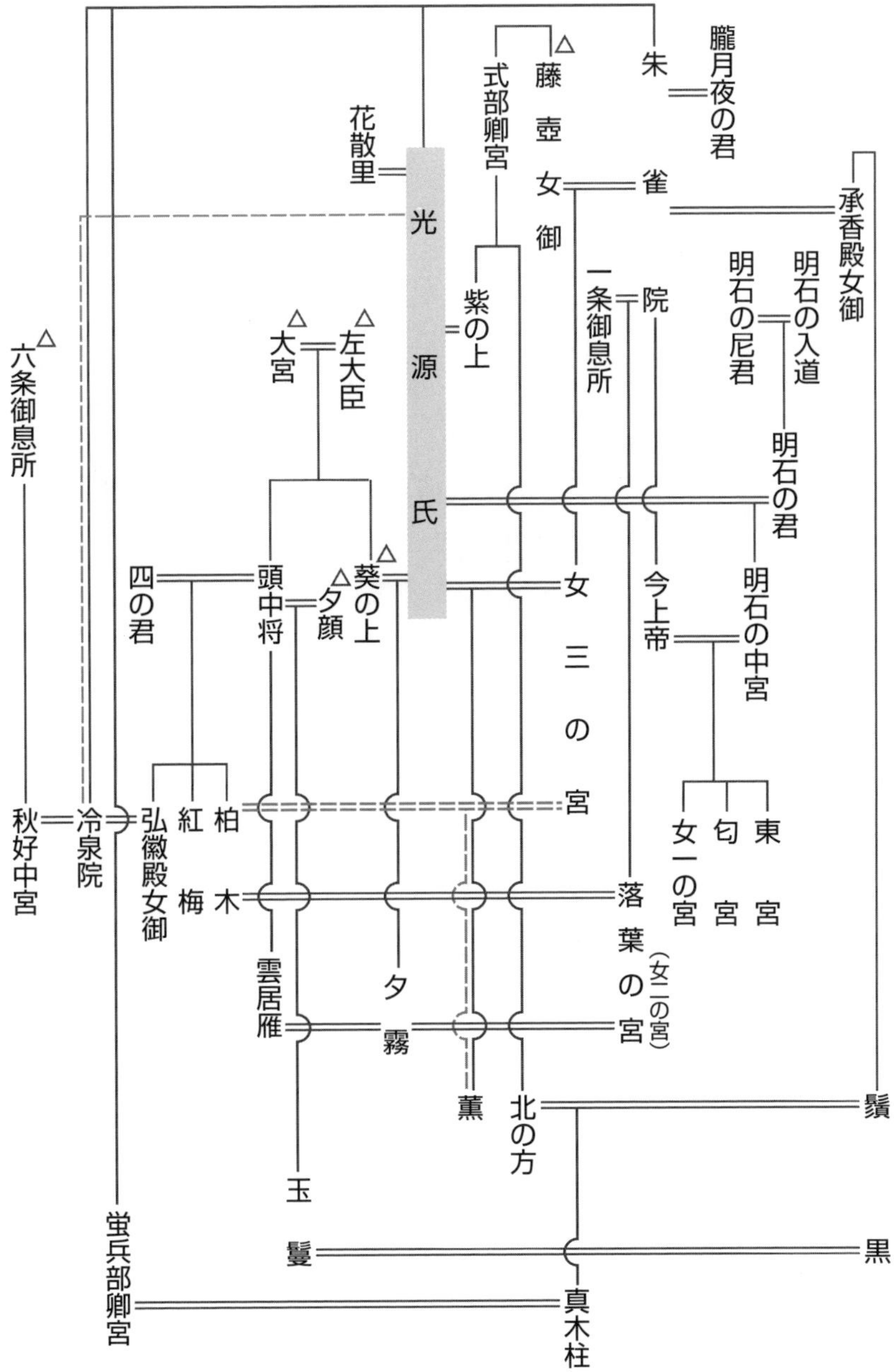

朱雀院
朧月夜の君
藤壺女御
式部卿宮
花散里
光源氏
承香殿女御
明石の入道
明石の尼君
紫の上
一条御息所
左大臣
大宮
六条御息所
明石の君
葵の上
夕顔
頭中将
四の君
女三の宮
今上帝
明石の中宮
柏木
紅梅
弘徽殿女御
冷泉院
秋好中宮
東宮
匂宮
女一の宮
落葉の宮
（女二の宮）
雲居雁
夕霧
薫
北の方
鬚黒
玉鬘
蛍兵部卿宮
真木柱

第三部（匂宮～夢浮橋）

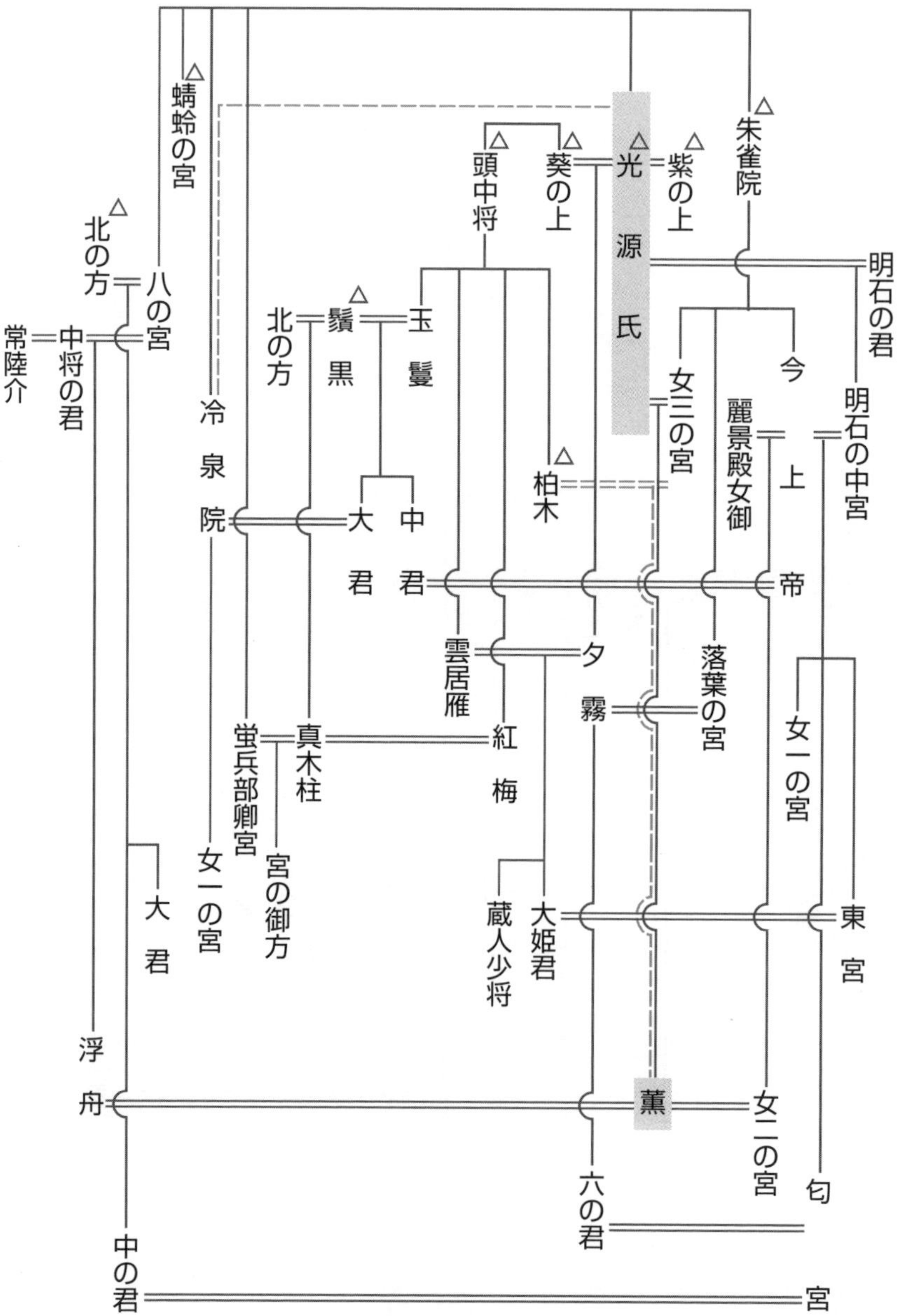

△印は故人。人物名は通称。

大和和紀（やまと　わき）
1966年『どろぼう天使』（週刊少女フレンド）でデビュー。1977年『はいからさんが通る』で第一回講談社漫画賞受賞。1979年より刊行された『あさきゆめみし』は爆発的なヒットを記録する。主な作品に『N.Y.小町』『ヨコハマ物語』『ベビーシッター・ギン！』『紅匂ふ』（いずれも講談社）などがある。現在、『あさきゆめみし 完全版』（講談社）絶賛発売中。

参考文献

鈴木日出男『王朝の雅　源氏物語の世界』平凡社
鈴木日出男『源氏物語歳時記』筑摩書房
鈴木日出男『源氏物語ハンドブック』三省堂
鈴木日出男『源氏物語への道』小学館
鈴木日出男『はじめての源氏物語』講談社新書
山岸徳平・岡一男監修『源氏物語講座四』有精堂より鈴木日出男「薫大将」
鈴木棠三『日本年中行事辞典』角川書店

阿部秋生・秋山虔・今井源衛・鈴木日出男 校注・訳『新編日本古典文学全集　源氏物語①〜⑥』小学館（カバーとも原文の出典）

鈴木日出男（すずき　ひでお）

1938年青森県生まれ。東京大学大学院博士課程修了。博士（文学）。成城大学教授、東京大学教授、成蹊大学教授を経て、現在、東京大学名誉教授。専攻は日本古代文学。和歌と物語の双方から、古代文学の本質に迫っている。主な著書に『古代和歌史論』『源氏物語虚構論』（ともに東京大学出版会）、『源氏物語の文章表現』（至文堂）など、注釈書に『新編日本古典文学全集　源氏物語』（共著・小学館）などがある。

装幀　カメガイ　デザイン　オフィス
装画・本文漫画　大和和紀『あさきゆめみし 完全版』『ＫＣmimiあさきゆめみし』（講談社刊）より
本文イラスト　押切令子
本文デザイン　バラスタジオ（高橋秀明）
校正　ペーパーハウス
編集協力　新保寛子（オフィス201）　坂本弓美
写真　佐藤圭太
編集　福島広司　鈴木恵美（幻冬舎）

知識ゼロからの 源氏物語

2008年10月25日　第１刷発行
2024年11月15日　第３刷発行

著　者　鈴木日出男
協　力　大和和紀
発行者　見城 徹

発行所　株式会社 幻冬舎
〒151-0051　東京都渋谷区千駄ヶ谷4-9-7
電話　03-5411-6211（編集）　03-5411-6222（営業）
公式HP：https://www.gentosha.co.jp/
印刷・製本所　株式会社 光邦

検印廃止

ISBN978-4-344-90130-8 C2076
Printed in Japan